獻給
神扮演我們
這場盛大的化裝舞會！

我
是笛子上的音孔
基督的氣息從中穿過——
聽
這樂音
。

——哈菲茲

# 致 謝

非常感謝我的經紀人葛拉迪（Thomas Grady），他是不可多得的人才。

感謝長久以來支持我的朋友家人，他們的體貼與用心為這本書更為豐盛。

凱薩琳（Kathleen Barker）讓這本書提升到更高的層次。書中每一首詩她都讀過多次，帶著愛，伴以藏族樂器與甜美的歌聲。還有謝謝凱薩琳的狗瑪舒可，像旋轉舞者一樣隨之起舞。牠可以把遠遠丟到海中的網球，乘著浪花銜回來，我相信神一定很以牠為榮。

感謝位於加州核桃溪的蘇菲轉向（Sufism Reoriented），讓我在《我聽見神在笑》一書中收錄了米德林（Henry S. Mindlin）的文章〈哈菲茲的生活與工作〉，這篇文章也同時是本書的導論。

感謝位於南卡羅萊納州美爾特海灘的南瓜屋出版社（Pumpkin House Press），讓我引用我的著作《今夜的主題是愛》中的三首詩與幾句詩。

特別感謝在哈德遜街上的朋友，願意相信這部作品，為這本書注入了他們的特長。我知道其中幾位的名字，他們貢獻良多：史川佛（David Stranford）、郭德史坦（Janet Goldstein）、白本斯基（Alexandra Babanskyj）、庫奇（Stephanie Curci）、史奈陶（Leda Scheintub），你們準備好每年都收到我的聖誕卡啊！

最後，向承接這本書的每一隻手與眼致敬，讓哈菲茲與眾不同的光，散播人間。

# 目　錄

## 25 我明白我曾是水 *322*

# 序 言

幾個世紀以來，哈菲茲 (Shams-ud-din Muhammad Hafiz, c. 1320-1389) 一直都是人類精神上的好朋友。對無數世人而言，哈菲茲的詩歌並非久遠的古典作品，而是珍寶，是音樂，是智慧，是幽默，常伴我心。這些非凡的詩句是他留下來寶貴的真知。在不平靜的時代，哈菲茲的天才帶領我們更接近上帝。這位波斯大師堅定地擁護自由自在，支持我們的心放膽起舞。

儘管西方世界才慢慢開始認識哈菲茲，但是他的作品已經在西方發揮兩百多年的影響力。哈菲茲詩歌最早的英文是由威廉‧瓊斯 (William Jones) 爵士所譯，於 1771 年出版。在 1800 年代，愛默生 (Ralph Waldo Emerson) 閱讀德文版哈菲茲，並多次英譯他的作品。愛默生在他的 1858 年寫就的〈波斯詩歌隨筆〉中稱哈菲茲為「詩人中的詩人」，他在日記中寫道：「他無所畏懼；他看得廣；他看得透徹。我只希望能成為像他一樣的人⋯⋯」據信，愛默生從歌德的 1819 年《西東詩集》中第一次認識了哈菲茲，其中有一個稱為〈哈菲茲之書〉的章節，歌德興奮地寫道：「哈菲茲在詩歌中刻下了無可否認、不可磨滅的真理⋯⋯我很清楚這有多麼不可思議，哈菲茲無人能及。」在〈公開秘密〉一首獻給哈菲茲的詩，歌德稱他如「神祕主義般純粹」，不知從何時起，更自稱為哈菲茲的「孿生兄弟」。

哈菲茲的詩歌緣於人類對陪伴的需求，也緣於人類靈魂深處那種希望能放下一切經歷的渴望，但只有神的光要緊抓著不放。這些詩歌在許多層面上都有其意義，其精巧之處很少人會忽略。

哈菲茲生長於設拉子 (Shiraz)。我有個波斯朋友，她家世代都住在設拉子。在編寫此手稿期間，我有機會讀幾首詩給她聽，她對我說：「現在在伊朗賣的《哈菲茲詩頌集》(*Divan-i-Hafiz*) 比《古蘭經》還厚。」考慮到那裡的宗教和政治氛圍，這是一個了不

起的事實。哈菲茲留下多少詩，數量並不確定，時有爭論，落在五百首到七百首之間，而這只占他估計產量的一成。據說當時一些神職人員和當權者不贊成詩的內容，所以絕大部分作品都被摧毀了。想到這個世界上失去這麼多美麗和神聖的智慧，不免令人沮喪。哈菲茲被他們視為巨大的威脅，是精神上的叛逆者，當權者利用大量的宗教宣傳剝削了無辜者，而哈菲茲的見解把他的讀者從當權者的手中解放出來。因為哈菲茲揭示了超高智商的上帝，這個上帝永遠不會以愧疚癱瘓我們，也不會用恐懼控制我們。

幾世紀以來，哈菲茲之所以大受歡迎的一個原因是他一直被當作在世的先知，能夠提供最貼近人心，最及時的建議。讀哈菲茲的詩，就像求助於占星家、星座運勢或靈媒一樣，據說英國的維多利亞女王也是這樣讀哈菲茲的。

哈菲茲在十四世紀寫作時所傳遞的消息，在現代也一樣具有意義。他一直為求道者打氣；他們祈求命中註定、榮光滿滿的愛，而他則提供了深刻的幫助。「我春天的雙眼仍會溫暖臉龐，在你的靈魂中喚醒青翠的土地。」

許多不同宗教傳統的人都相信，總有在世的人與上帝同在。這些稀有的靈魂將光灑在地球上，並將神性交託給他人。哈菲茲被認為是這個與神合一的人，有時他在詩歌中直接談到這種經歷。

有人寫信回應我前兩本哈菲茲的書，「誰能說他們是上帝？」我回答，「如果上帝存在，如果真神存在，那個神擁有無限的力量，那麼，上帝就無所不能。所以物理學就變得簡單了：如果上帝願意，祂可以完全交付自己，而不紆尊降貴。你是怎麼知道自己接受到這份神聖的禮物呢？」

魯米、卡比兒 (Kabir)、薩阿迪 (Saadi)、沙姆斯 (Shams)、阿西西的方濟、羅摩克里虛那 (Ramakrishna)、那奈克 (Nanak)、密勒日巴、老子是我們所知圓滿證悟或合一的人，因為他們對那所愛

的超凡的愛戀。他們有時被稱為「了悟的靈魂」或「證悟的大師」，正如哈菲茲寫道：

> 倒入大海的河水之聲
> 現在像神一樣笑著唱歌。

我相信，我們現正目睹大規模的挪用聖詩，從一種文化挪用到另一種文化，也預示著語言在挪用中，產生了下一個有意識的進化。真正的藝術讓人張開雙臂，削弱偏見，不斷提升，因此療癒與再生的種子可以紮根在我們的靈魂中，成為支柱，帶來歡樂。

我從波斯語開始把這些詩譯成英文，這難度非常高。一件意外禮物的幫助我度過難關：一個在印度的朋友寄了克拉克 (H. Wilberforce Clarke) 的哈菲茲英譯本給我，這版本的翻譯備受推崇。克拉克的譯作在 1891 年首次在印度出版。這是 1971 年塞繆爾‧韋瑟 (Samuel Weiser) 出版社出版的版本，相當罕見，僅印了五百本。本書中的所有詩都是以克拉克的翻譯和他的大量註腳為本。我也參考了數千頁哈菲茲生平的相關材料，以及其他據稱是哈菲茲所寫的詩。這是一個巨大的冒險，翻譯像哈菲茲的詩歌這類「不可翻譯」的傑作，其中有許多成語交相輝映添色，尤其是在精神上年輕並且正在發展的語言，像是英語。我相信最終成功的衡量標準是：文字讓讀者自由？有益身心健康嗎？我們得到「利器」可以幫助挖掘那個被我們與社會深埋的神呢？

哈菲茲時代的波斯詩人通常會在自己的詩中出現，使詩歌成為親密的對話。這也是在詩上「留名」的一種方法，就像有人可能會在給朋友的信末或繪畫上簽名。要注意的是，有時哈菲茲以尋道者的身分講話，有時以大師和指導者的身分講話。

哈菲茲也創造獨特的詞彙稱呼上帝，就像幫自己的家人取個小名那樣。對哈菲茲而言，上帝不僅僅是父、母，無窮、無法理解的存在而已。哈菲茲給上帝起了一堆名稱，例如好舅舅、慷慨的商人、繫鈴人、解鈴人、朋友、摯愛。海、天、日、月、愛等這些字大

寫時，有時可能是上帝的同義詞，這也是哈菲茲的特色，使這些詩歌同時有多種不同層次解釋的可能。

對哈菲茲而言，上帝是我們可以相遇、進入、永恆探索的對象。我的編輯認為我應該要解釋一下本書的結構，具體地說，為什麼要這麼多章節？好吧，如果我說我覺得哈菲茲不想要讓人覺得厭煩，不知道說不說得過去。就像有些度蜜月的人因為客房服務員不時敲門，或接到媽媽來電，讓他們當下的動作暫停、被打斷，偷得片刻思考和消化。

我也在這裡提到，有時我似乎會故意玩幾句詩，用像是深夜裡的薩克斯風爵士樂來講，而不是晨鼓或里拉琴表達。對於某些讀者而言，這本書中的一些說法可能顯得太過現代了。但我要說的是，我什麼也沒做。「翻譯」這個詞來自拉丁語，意為「帶來」。我的目標是將哈菲茲奇妙的精神攤開在你面前，讓你嘴角上揚。我認為這是首要目標，任務是「不要被綁手綁腳」。如果我使用的語言讓讀者無法起舞，不能停留在哈菲茲溫柔強壯的擁抱裡，那麼我對此深表歉意。

要注意，哈菲茲有個有趣的特質，是他偶爾會「推銷」自己。我漸漸覺得這是他對精神市場的反應，這裡時而充滿了假道學，有人企圖魚目混珠。他知道很多東西都以上帝之名賣出去的，不是貨真價實的。因此，哈菲茲可能試圖保護我們，吸引我們靠近，當他說：「我的話甚至滋養陽光的身體／看著今天早晨地球雙唇上的微笑／昨晚再次和我睡在一起。」加西亞・羅卡（García Lorca）是這麼說的：「哈菲茲寫的極品豔遇情詩。」

我與這些詩糾纏了好幾年。過去三年中，我每週平均花六十幾個小時跟這些詩在一起。1992 年秋天，一天清晨，我在西印度鄉下，一條通向美赫巴巴（Meher Baba，於 1969 年去世）故居的道路上散步，路旁美麗的綠樹成蔭，也開始了我翻譯哈菲茲之路。我當時跟一個瑣羅亞斯德老教徒同行，我們認識二十多年了，他住在附近，是我的老師、我的兄弟，一個我很珍惜的人。我會說是因

為他和他的上師（美赫巴巴）都很尊敬哈菲茲，所以才有這本書的出現。我覺得我與哈菲茲的緣分一言難盡，翻譯這件事確實是不可能的任務：將光轉化為文字，使神的光與我們有限的感官共鳴。在我開始翻譯後大約六個月，我做了一個驚人的夢，我在夢中看見哈菲茲，他是一顆無限放光的太陽（夢中他是上帝），他用英語對我唱了無數行詩歌，請我將此信息傳達給他的「藝術家和尋道者」。

哈菲茲讓我流淚的詩句，太多太多了，這也讓我更想分享他非凡的特質：大膽的鼓勵，無止盡的愛，轉化人心的知識和慷慨，甜美俏皮的天賦，這在世界文學中是無與倫比的。他的詩歌中有一個神祕的維度：療癒和給予「神的禮物」。他的靈魂是蘆葦，傳來柔美的語言，發出「被神嚇了一跳」的聲音。他的話是音樂，給予安慰，賦予力量，啟發人心。

哈菲茲是人類有史以來最偉大的精神良伴、戀人、嚮導。幾個世紀以來，他一直被稱為「無形之舌」，因為他唱著來自上帝、優美而狂野的情歌。他邀請我們加入他所讚頌的美好生活。我決定把哈菲茲的這些話，寫在每一面旗幟上、迴盪在教堂的鐘聲裡、在寺廟、在清真寺、在政客的大腦中：

　　親愛的，讓我們在舞蹈中膏抹這個地球！

丹尼爾・拉丁斯基
1999 年 1 月 31 日

導 論

# 哈菲茲的生活與工作

亨瑞·米德林

(Henry S. Mindlin)

儘管哈菲茲在東方很受歡迎，但關於他的生活細節，還是所知不多。學者意見分歧，關於他的出生和死亡日期都莫衷一是。他大約生於 1320 年，死於 1389 年，與第一位用英語寫作的詩人喬叟（Geoffrey Chaucer）約莫是同時代的人。他的名字是夏姆斯·丁·穆罕默德（Shams-ud-din Muhammad）。他開始寫詩時，他選擇了哈菲茲（意為「記憶者」）當筆名；只有能把整部《古蘭經》倒背如流的人，可以得到「哈菲茲」這個頭銜，他顯然做到了。哈菲茲出生於設拉子，設拉子是波斯南部一座美麗的城市，在那段充滿暴力和混亂的時期，這座城市躲過了蒙古人和塔塔爾人的入侵。哈菲茲在這個富文化氣息花園城市度過一生。

## 早年生活

—

幫助苦行僧，教他去

跳舞、談戀愛、祈禱的一切

都寫在腦海中

。

哈菲茲的生活並不輕鬆舒適。他是家裡三兄弟中的老么，父母清貧。他父親是煤炭商人，哈菲茲十幾歲時就去世了。為了幫助家裡，哈菲茲每天都去做麵包師傅的助手，夜間上學，用部分薪水支付學費。多年以來，他精通幾門中世紀教育的「古典」學科：古蘭經律法和神學、語法學、數學、天文學。他還精通書法，在幾個世紀以前，印刷是一種高度精緻的藝術形式。伊斯蘭書法最初發展為一種神聖的藝術，以保存和美化《古蘭經》，上面記載了上

帝的話語。根據宗教的律法，不允許創造具象的藝術，也讓書法的精妙與表現力達到了嘆為觀止的境界。哈菲茲是一位熟練的製版員，偶爾擔任專業的抄寫員。

他早年在學校自然會認識幾位偉大的波斯詩人：設拉子的薩阿迪（Saadi）、法里特・烏丁・阿塔爾（Farid-ud-din Attar）、賈拉勒・烏丁・魯米（Jalal-ud-din Rumi）等。詩歌是波斯的民族藝術，有點像歌劇之於義大利人。在現代伊朗，各個社會階層的人都認識偉大的詩人，大家會熱情地談論各自最愛的詩句，並不斷地在日常對話中引用。在中世紀的波斯，詩歌藝術十分受重視。地方王子和省長會聘請宮廷詩人創作史詩歌功頌德。要是統治者對作品特別滿意，有時會把詩人放在秤上，在秤另一端放上等同重量的黃金作為賞賜。

## 詩人

—

詩人是
能把光倒進杯子的人，
然後舉杯滋潤
你美麗乾渴而聖潔的口
。

哈菲茲有自然流露詩意的天賦。小時候就可以即興創作，任何形式、風格、主題的詩歌都很拿手。二十多歲時，他寫的一些情詩開始在設拉子流傳，他很快就受邀參加宮廷的詩歌聚會。他接連贏得了好幾位統治者和有錢貴族的支持，其中一位贊助者創辦了一所宗教學院，邀請哈菲茲擔任教職。因此，他中年時，工作是宮廷詩人和大學教授。他結婚了，並至少育有一子。

哈菲茲的生計完全取決於贊助。人人都讚美他的文學才華，但是他的詩歌大膽地讚揚了近乎異端的思想，與嚴格的衛道之士樹敵，只要他們一上台就將哈菲茲列入「黑名單」。所以他每隔一段時期就會失寵、丟掉工作，在宮廷或大學皆然。他有時得用抄寫

員的技能養家糊口，直到人生轉運。至少有一次，他被迫離開設拉子，過了好幾年的流亡生活，經常處於極度貧困中。最後，終於有個新政權比較寬容，允許他回家，重新工作。在他這段漫長而動蕩的中年時期，先是失去了兒子，後來妻子也過世了。一些學者認為他的許多深情悲傷、分離和失落的詩歌，和這些事件有關。

哈菲茲六十歲時，成為著名的大詩人。他身旁跟著一群學生和同伴，他一直是他們的老師和顧問，直到約莫七十歲，他靜靜地去世為止。他死後被埋葬在設拉子近郊的一座他鍾愛的花園內，一棵他親手栽種的柏樹下。五百年來，玫瑰花叢圍繞著他的墳墓，這裡一直是無數人朝聖與休憩的中心。到廿世紀初，墓園已年久失修。直到 1925 年，波斯政府才在墳墓上蓋了新的結構，逐步重建花園。這是由一位鍾愛哈菲茲的印度當代精神領袖發起和部分出資的，他就是美赫巴巴。這位現代世界的老師經常引用哈菲茲的詩句來說明精神原則。美赫巴巴說哈菲茲的情詩包含了尋道之路上的一切祕密，因為靈性的真正主題就是愛。

## 靈性生徒

—

我們愛著神
已經好久好久
。

哈菲茲其實一直在修行。他年輕就拜一位蘇菲派老師為師，他跟著老師學到他成年後很長一段時間，過程很辛苦。後來，哈菲茲成為蘇菲派大師。他的《詩頌集》(*Divan*)是蘇菲主義文學中的經典，這個教派是一種古老的精神傳統，特別強調深度的虔敬，經常帶著狂喜，一心一意的奉獻上帝。

在西方，蘇菲派通常被認為是伊斯蘭神祕主義的一種形式。然而，蘇菲派自己說他們的「法」始終存在，在每個靈修系統的神祕向度，以不同名字，在不同的國度存在。例如，在古希臘，他們受畢達哥拉斯和柏拉圖智慧(Sophia)學派認可。在耶穌的時代，他們被稱

為愛色尼派（Essenes）或靈知派（Gnostics）。穆罕默德之後，他們採納了許多伊斯蘭教的原則和形式，並在穆斯林世界中以「蘇菲」教徒廣為人知，「蘇菲」這個詞具有多種含義，包括「智慧」、「純粹」和「羊毛」（用在雲遊僧僧袍上的粗羊毛）。

從公元 800 年到 1400 年，蘇菲學派在魯米和伊本·阿拉比（Ibn Arabi）等大師級老師的指導下茁壯。隨著各個學派的發展，他們的教學方式也隨不同團體的需求而有多樣化的教學方式。有人強調正式的冥想，有人則專注於對世界的無私服務，還有一些人強調虔誠的修持：唱歌、舞蹈、靈性詩歌，慶祝對上帝的愛。蘇菲教徒則是珍視哈菲茲的詩作，認為他完美地表達了人類對神之愛的體驗。

哈菲茲如何成為蘇菲派門人的？在東方，有個廣為流傳而眾說紛紜的故事：

據說他二十一歲時是麵包師助手，哈菲茲偶然到一幢大房子送麵包，他瞥見有一個美麗的女孩在露台上。雖然女孩並沒有注意到他，但那驚鴻一瞥已使他陷入愛河不可自拔。女孩來自一個有錢的貴族家庭，他只是一個貧窮的麵包師的助手。她很漂亮，他身材矮小，其貌不揚，這種情況是沒有希望的。

隨著時間的流逝，哈菲茲作詩歌和情歌來歌頌她的美麗和對她的嚮往。聽到他唱歌，大家也開始傳唱；他的詩歌令人動容，在整個設拉子流行起來。

哈菲茲並不在意他作為詩人的新名聲，他只想到他的摯愛。為了贏得芳心，他開始苦行，在某個聖人的墓守四十夜。據說，如果完成這項幾乎不可能的任務，願望就會實現。哈菲茲每天都去麵包店上班。每天晚上，他去聖墓前，為愛守夜。他的愛是如此強烈，以至於他成功了。

在第四十天的黎明，大天使加百列出現了在哈菲茲面前，問

他要什麼。哈菲茲從未見過像加百列這樣光榮燦爛的存在。他想：「如果上帝的使者如此美麗，上帝必更加美麗！」盯著上帝天使的光輝，這難以想像的美，讓他完全忘記之前魂牽夢縈的那個女孩。他說：「我想要上帝！」

然後，加百列將哈菲茲交給了一位住在設拉子的老師。天使告訴哈菲茲，只要好好服侍老師，他的願望就會實現。哈菲茲趕緊去見他的老師，就從那天開始，他開始跟著老師學習。

## 哈菲茲和他的老師

—

眾所周知，我們的夥伴很難跟上，
就算是他最好的音樂家也不總是那麼容易
聽到
。

哈菲茲的老師叫穆罕默德·阿塔爾（Muhammad Attar）。「阿塔爾」意為化學家或調香師。據說，穆罕默德·阿塔爾在設拉子開店，過著非常普通的生活，只有他身邊的學生知道他是精神導師。

哈菲茲幾乎每天都去找阿塔爾。他們坐在一起，有時一起吃飯，有時說話，有時唱歌，有時在設拉子美麗的玫瑰花園中散步。阿塔爾打開了哈菲茲的視野，使他對於生活的美麗與和諧，有了全新而深刻的理解，也對愛的所有歷程有更廣泛的認識。哈菲茲自然而然地運用了詩歌的語言表達見解。穆罕默德·阿塔爾也是詩人，他鼓勵哈菲茲朝這個方向前進。多年以來，哈菲茲每天為他的老師寫一首詩。阿塔爾告訴其他學生把這些詩收集起來，並加以研究，因為這些詩闡明了許多靈性發展的中心思想。

但是，哈菲茲與老師在一起，並非總是如沐春風。很多記載指出，穆罕默德·阿塔爾有時嚴厲而苛刻，對哈菲茲毫不留情。現代靈性導師美赫巴巴以哈菲茲和阿塔爾的例子，說明真正的精神導師不好當、很辛苦。美赫巴巴解釋過何謂「上師」，他說，不管外

在為何，導師必須始終幫助內在成長歷程，支持各種不同的愛的型態。在過程中，學生受限的自我被溶解了，或者像哈菲茲說的一樣，化為灰燼。美赫巴巴將這個過程描述為哈菲茲經歷的「人間煉獄」，他說，「可以說，哈菲茲在他上師足下焦頭爛額」，日復一日，年復一年，長達四十年。

一些關於哈菲茲和他老師的故事支持這種觀點。哈菲茲經常被描繪成絕望地奔向阿塔爾，在經過數十年的挫折之後，懇求開悟或精神解脫。阿塔爾每次都會要哈菲茲耐心等待，一切將會揭示。有一個說法：

哈菲茲六十多歲時，有一天，他對年邁的老師說：「看我！我老了，我的妻子和兒子死很久了。我當您的好弟子，這些年來到底從中學到了什麼？」阿塔爾溫柔地回答：「請耐心等待，有一天你會知道的。」哈菲茲大喊：「我知道我會從您那裡得到答案！」他在絕望中，開始了另一種形式的守夜四十天：這次他在地上畫了一個圓圈，坐在裡面連續四十個日夜，不吃不喝，也沒起身如廁。到了第四十天，天使再次出現問他想要什麼。哈菲茲發現，四十天後，他所有的慾望都消失了。他立刻回答，他唯一的願望就是服侍他的老師。

黎明前，哈菲茲走出圈圈，前往老師的家。阿塔爾在門口等著。他們熱情擁抱，阿塔爾給了哈菲茲一杯特別的陳釀。他們一起暢飲，醉人的酒打開了他的心，消除了每一個分離的痕跡。哈菲茲笑得很開心，永遠沉浸在愛中，與上帝合一，他神聖的摯愛。

據說哈菲茲在不知不覺中就開始了他的四十天守夜，在他服侍老師的第四十年結束前的幾天，而與神合一的時刻恰好是他們第一次見面後的四十年。

# 愛的階段

—

我只知道愛，
我見我心無邊無際
無所不在
！

一些關於哈菲茲的小故事中，有許多象徵性的教誨，其中都有精確的對稱、象徵性，相當迷人。例如重複出現的數字「四十」，四十可能不是字面上的意思。在宗教文學中，「四十」通常用於表示學習或改變的術語，例如諾亞洪水的「四十天、四十夜」。四十是也稱為「毅力的數字」，標誌著一段通過測試、試煉、淨化的成長歷程。以色列人出埃及之後，在進入應許之地前，忍受了「四十年的流浪」。耶穌遵循著先知流傳下來的古老修煉，進入沙漠隱居了四十天，耶穌形容這段經歷為淨化了他，並為下一個階段做準備。佛陀在四十天無間的禪定中，最後證悟。在東方與西方，這類例子很多。

哈菲茲的這些故事還有其他共通的符號。像「神祕的圈圈」，是完成或完美的形象。阿塔爾給哈菲茲一杯酒，杯子是容器，通常可以代表人的心，或代表人作為承載愛的容器。在許多宗教傳統中，「葡萄酒」代表愛。像阿塔爾給哈菲茲的那杯老酒，可以代表「了知」或「愛」的純淨（精煉）本質。

這些故事饒富深意，可以說明蘇菲派「尋愛之路」或內心展開的中心階段：

哈菲茲的靈性之旅啟程了，和大家相去不遠：他醒了，去愛。他一心追求人類的美與圓滿。為了實踐自己的理想，他充分探索人類的愛的領域（他的詩歌讚頌了她的美麗和對她的嚮往）。

最後，他盡畢生之力去追求愛（四十天守夜）。

當他的渴望達到高點時（最後一天的黎明），一種新的、更高的愛顯現了（天使）。他能夠回應這種更高認知的美麗（「想要上帝！」），他的回應使他進入了一個新的學習階段和（與精神導師）新的感情。

這個新的成長期（四十年）比第一次還長許多，阿塔爾帶領哈菲茲思考更廣泛、全面的愛（一天一首詩）。哈菲茲對上帝的愛越來越強烈，也變得更加不安。阿塔爾不斷提醒他要有「耐心」，每個階段的愛，要充分探索、尊重、活過。

即將進入尾聲，哈菲茲也絕望到了谷底，渴望他的摯愛。他再次全力以赴地去愛（另一個為期四十天的守夜）。這次他限定自己在一個圈內（完美或完整），實際上是把他所有的思想和行為都集中在上帝身上。他努力完全愛上帝，直到一無所有。

當他真正做到這一點（最後一天的黎明）時，他發現愛的力量消耗了他有限的個性及其所有欲望，甚至是對上帝的欲望。他意識到，不能「掌握」愛，頂多充當愛的容器（一杯酒）。哈菲茲走出圈子，現在可以用無限的愛，接近並擁抱生活的一切經歷（他和老師擁抱）。他和阿塔爾現在共享同一個完美的「知」（愛的成熟，陳年葡萄酒）。「一杯老酒」現在成為「完美體現的愛」的象徵，也就是哈菲茲本人。

## 上師
—
我聽見
萬物與植物的聲音
每個世界、太陽與銀河系——
唱著摯愛之名
！

凡人可以達到「完美的愛」或「完美的知」的這個想法似乎很不尋

常，但大多數的信仰體系都共享這個信念。它有很多名字：與天父同在、無餘三摩地、意識的最高發展、了悟神、神人（Qutubiyat），或就叫圓滿。證悟了的人，稱之為圓滿上師、自性上師（Perfect Master, Satguru），宇宙的美麗與和諧，在他身上體現了全然的了知。

圓滿上師把日子過得像神聖的愛在流動，無限而連續不斷，在各種形式的生命以及萬物的範疇中旋轉，一種與眾生萬物合一的經驗。圓滿的上師代表全然喜悅、全然地知、全然地愛，並在日常生活中展現這些特質。

在西方世界中，全然地愛最為人知的例子，可能是阿西西的方濟。在東方更不乏其數，波斯的魯米、印度的卡比兒與羅摩克里希納、西藏的密勒日巴、中國的老子，都享有盛譽。*

哈菲茲的老師穆罕默德‧阿塔爾是一位圓滿的上師，哈菲茲本人也是如此。哈菲茲的詩歌可以理解為人類追尋全然快樂、全然了知、全然愛的旅程。


## 大詩人

—

在存有的牆上
寫上一千個發光的祕密
所以就連盲人也知道
我們在這裡，
加入我們的愛河
！

哈菲茲在他的老師的指導下實驗寫詩。穆罕默德‧阿塔爾跟其他

---

\* 世界各地的老師，例如耶穌，佛陀、克里虛那、穆罕默德，也都人格化，
　成為圓滿的模範。

老師閱讀並討論詩歌，其中許多人開始為詩歌譜曲。這在當時蘇菲派中很常見，包括魯米一派的土耳其「旋轉苦行僧」。詩行和歌曲容易記憶和重複，當時用來概括或總結靈性原則。在阿塔爾的鼓勵下，哈菲茲讓這種教學方法使更完美，他採用了流行的情歌形式「抒情詩」（ghazal）。他寫了數百首抒情詩，給歌詞帶來新的深度與意義，又不失情歌的味道。

他的詩表達了他對愛的日益了解，和其中每個細微的差別和階段。他寫了愛的遊戲，摯愛的美麗，渴望的甜蜜痛苦，等待的焦急，合一的瘋狂喜悅。他探索了不同形式和層次的愛：他享受大自然的美麗；他的求愛不成；他的鶼鰈情深；他對孩子的溫柔；他晚年妻兒相繼離世後，那可怕的悲傷和孤獨；他也寫與老師的情誼和對上帝的敬愛。

所有聽過他詩歌的人，都可以跟自身對於愛最寶貴的體驗連結，毫不費力。配上朗朗上口的情歌，讓人更容易學會他的詩。不久，他的詩在波斯全境受各行各業的人傳唱，像是農民、工匠、學者、王公貴族，連小孩子也會唱。

許多了解哈菲茲並喜歡他的詩歌的人都不知道他是蘇菲派，大家也不太知道他身為老師的靈性地位。穆罕默德・阿塔爾像他那個時代的許多蘇菲派大師一樣，暗中與學生會面，哈菲茲沒有透露自己與阿塔爾有關係，直到老師去世為止。在中世紀波斯的宗教氛圍中，保守這個秘密至關重要。時不時有所謂的狂熱基本教義浪潮席捲全國。對這些基本教義者來說，暗示誰都可以達到圓滿或直接了解神性，這是褻瀆。蘇菲派經常被取締，許多信徒受審判和處決，而倖存者被迫秘密聚會，以不冒犯正統派的象徵性語言掩飾教義，這也成為蘇菲派詩歌的語言。葡萄酒和小酒館意象來代表愛和蘇菲派；夜鶯、玫瑰是愛人和摯愛；尋道者被描繪成小丑、乞丐、流氓、無賴、妓女或快樂的旅人。

這種象徵性的語言發展了數百年，在哈菲茲的詩歌中臻至完美。即使到了今天，大家還在爭論他用字遣詞的「真正」含義：他只是

描述在花園裡散步的樂趣，或他是象徵性地說神創造的喜悅？或兩者皆是？當他稱讚有錢的贊助者或年輕女子的魅力時，他其實是在讚美上帝—上帝才是他真正的贊助人和摯愛？也許都是。因為哈菲茲並不認為上帝與世界有所分別：哪裡有愛，哪裡就有心愛的人。印度蘇菲派老師可汗（Inayat Khan）解釋說：「哈菲茲的使命是表達狂熱的宗教世界，上帝不只在天堂，也在地上。」

在波斯語中，哈菲茲有時被稱為「無形存在之舌」，因為他的許多詩歌都是寫上帝對這世界狂喜而美麗的愛。哈菲茲分享他陶醉在聖潔生活中的魔力與美，在我們周圍和內在脈動。他敦促我們在愛的翅膀上站起來。他挑戰我們去面對我們本性中最強大的力量，進而掌控。他鼓勵我們慶祝最平凡的生命經驗，那是寶貴的神聖禮物。他邀請我們「清醒一會兒」，聆聽神的歡笑。

> 在我們心中發芽的
> 這份珍愛與笑聲是什麼？
> 這是靈魂甦醒
> 光榮的聲音
> ！

# 被神驚起

這些詩

不像一隻孤獨而美麗的鳥

而是
倚在我心識的山丘上
成群的白羽

被神驚起

碰斷枝葉

就在
祂的足尖

觸及

我身邊的
地面時

。

✳

# 吃吧

怎會

只讓你眼饞

神的菜單？

拜託，我們都

餓壞了──

直接

吃吧

！

．禮物．

20

# 當小提琴

當小提琴
能忘卻過往

它開始歌唱。

當小提琴不再憂慮明天

你成了傻笑的醉漢

神
俯身向你
動手將你梳理
到祂的
髮中。

當小提琴能寬恕
他人造成的
每一道傷口

心開始
歌唱
。

✳

# 尋找好魚

如果想找好魚
卻跟著愚人
走進銅市
你怎能抱怨生命？

如果想找精細的絲線
手卻總在
麻布和麻袋間搓揉
你又怎能抓狂？

如果你真心渴望
撫觸一張飽滿而豐盛的臉
怎麼還不快點
來這位老人身邊？

我的臉頰是宇宙的修道院
若你今夜說出的禱辭
夠甜美

哈菲茲將倚向你
獻上己身所有溫暖

以免神
在別的地方
還有事要忙。

如果想解靈魂的渴
卻跟隨老鼠的腳步走進沙漠
你有什麼好抱怨呢？

如果你的靈魂真的需要撫觸

永遠飽含慈愛
與溫柔的臉
為什麼

親愛的，為什麼
還不快點來到你的朋友
哈菲茲身邊
？

✳

# 狩獵隊

要迫使

愛與神

從藏匿處現身

有時

狩獵隊

的勝算

更甚

孤身的勇士

。

・禮物・

✳

# 這智慧

與他人
共處時
讓你的聰明才智接管大局

請善用智慧：

將所有上膛的槍
留在遠方的田野，

這些該死的東西
隨時可能

走火

。

✳

# 我們不是為了
# 捕捉俘虜而來

我們不是為了捕捉俘虜而來，
而是想要更加臣服於
自由和喜悅。

我們來到這精美的世界
不是為了淪為遠離愛的
人質。

跑吧，親愛的
凡無法讓你初綻的珍貴翅膀
更強壯的事物
你都該遠遠跑離。

你美麗的心
有神聖、溫柔的視野
若有誰要
將利刃刺入
就沒命地跑吧，親愛的。

我們有責任去親近
溫柔的臉龐

他們站在屋外
向我們的理性高喊

「來嘛，來嘛
到外面一起玩。」

因為我們不是為了捕捉俘虜
或是束縛自己不凡的靈魂而來

而是想要深而再深地體驗
我們神聖的勇氣、自由與
　　　　光
　　　　！

✳

# 我看見天使

我
看見天使
坐在你的耳朵上，

擦亮小號，
更換魯特琴弦，
拉緊鼓面的新皮
收集夜裡營火
需要的柴薪。

他們昨晚徹夜狂舞
你卻
沒聽見。

如果你問哈菲茲的建議
如何親近他們甜美的聲音
又如何從那精微的世界
獲得滋養與陪伴

我會回答：

「我能說的，
不會多過
你知道的。」

所以，
這故事有什麼用呢？

哦，
我只想
聊聊罷了
。

✳

# 你就是它*

神
偽裝成萬千事物
玩起
鬼抓人遊戲

神吻了你，說：
「你是它——

意思是，你真的是它！」

如今
你相信什麼或感覺如何
並不重要

因為美妙的事，

那最美妙的大事
總有一天會

發生
。

* 兒童遊戲。決定誰是「it」，他開始追趕其他人，換被抓到的人成為新的
it，追趕其他人。

✳

# 我降雨

我降雨
只因你的草地
呼喚神。

我把光織成字
只要心不忘

你的雙眼將摒棄悲傷，
亮起來，逐漸明亮，點亮我們
如同蠟燭點亮黑暗。

我把笑聲打包成生日禮物
留在你床邊。

我把智慧植入自己心中
在天空所有路標旁。

富足的人
往往變得古怪，

神聖而狂熱的靈魂
轉變成無限慷慨

把裝金子的小袋
懸掛在月亮與行星的腳上

懸掛在歌唱的鳥，
與凌空旋轉狂舞之人的
踝上。

我開口
只因你體內每個細胞
都伸手
向神
。

# 我學到那麼多

我
從神那裡
學到那麼多
再也無法
自稱

基督徒、印度教徒、穆斯林
佛教徒，或猶太教徒。

真理予我
如此豐盛

使我再也無法自稱
男人、女人、天使，
更別說什麼
純潔的靈魂。

愛
與哈菲茲如此親密
它化成灰
把我

從頭腦長久固守的
所有概念和形象中
釋放出來
。

✳

# 神已來到身邊

沒有

哪個渴愛的人

與我的詩

相伴一小時

離開時，不覺得

手裡拿著黃金之器*

不覺得

神

已來到身邊

。

*「黃金之器」是指挖掘神與愛的利器。

✳

# 太陽未曾說

即便
過了這麼久
太陽也未曾對大地說：

「你
虧欠我。」

以如此的愛
看待萬物
將照亮
整片天空
。

✳

# 種子破殼

從前
我早上醒來
總是有把握地說：
「今天『我』該
做些什麼？」

那是在種子破殼
之前的事。

現在，哈菲茲確定了：

有兩個我，寄居這副身體，

一起上市場買菜
準備晚餐時
逗樂彼此。

如今我每天醒來
內在的樂器都奏著同一首樂曲：

「神啊，今天『我們』
能為世界帶來什麼樣
愛的嬉戲呢
？」

# 為何只要驢子

為何只要
我內在的驢子
對你內在的驢子說話？

在我裡面，明明還有那麼多
優美的動物、豔麗的鳥
渴望對你的心
吐露美而動人的話語。

打開眼中每道上鎖的門吧
門阻礙了我們對智慧的了知
智慧能喚起愛
能在我們與神之間
引燃更熱切、滿足的
對話。

放飛我們金色的獵鷹
讓牠們在靈魂所屬的
天空相遇——
像兩個慾火焚身的年輕人
耳鬢廝磨。

讓我們牽手醉倒太陽邊
對神唱起甜美的歌
直到祂莊嚴的魯特琴與鼓
流瀉音符，加入我們。

身上的腺體
輕輕施展了魔法

豈有更好的方式
度過這孤寂長夜
說出來，親愛的，說出來！
哈菲茲和全世界都在聽。

為何牽來一頭驢
只想吃走味的乾草
還想開無聊的愚人會議
明明我們要談的是重要的事——
像愛那樣重要的事

明明在我裡面，還有那麼多
神聖的動物，豔麗的鳥
牠們是如此渴望
甜蜜地與你
相遇
！

✳

# 是誰寫下這些音樂

為何如今
我來到你跟前像謙卑的僕人
透過獻祭的口舌與雙手
願為你奉上光輝的話語和愛，

為何我想說，「很遺憾
我為你所有的痛深感遺憾」？

只因，
神在我心中完整顯現時

我看到哈菲茲
記下你一直彈奏的音樂。

我看到哈菲茲
記下你所有悲傷的音符，
同時又銘刻你、獻給你
你的身、心和臉孔熟知的
每一次狂喜痙攣。

好，親愛的，
大地甜蜜的舞蹈中
你經受的顛簸早已足夠。
你已多次償清
所有的債。

現在，切入真正的理由吧
為什麼我們齊聚在此，一同呼吸

開始放聲大笑
神聖之笑

像偉大英勇的女人
和強壯威武的
男人
。

39

# 你的母親和我的母親

恐懼是屋裡最廉價的房間
我更願你
住在好的環境，

因為你的母親和我的母親
是多年友人。

我認識宇宙這處的
旅店主人。
今晚好好休息，
明天再回到我的詩行。
一起和那位摯友談談。

我不該於現下承諾，
但我知道，
若你禱告，
世界的某處——
總會有好事發生。

神希望看到
你眼中有更多愛與歡愉
那正是你對祂最重大的見證。

你的靈魂和我的靈魂
早在上帝的子宮裡
就伸著小腳踢來踢去。

你的心和我的心
是非常、非常老的
朋友
。

✳

# 不相配的新人

彷彿一對

不相配的新人

一方仍很不安，

我一直對著神

　　說：
　「吻
　　我
　　。」

# ✳

# 你裝種子的小袋

燈籠
垂掛夜空
讓你的雙眼臨睡前
能在絲綢的畫布上
多畫一幅
愛的圖像。

祂的話語碰觸你
在裡面犁出一片金色田野。

蒸餾所有慾望後
你只會選這兩者：

去愛，
去快樂。

收集哈菲茲吹出的樂音
拌一拌放進你裝種子的小袋裡。

當月亮說：
「是時候了，
種吧。」

何不起舞？
起舞並
歌唱
。

· 禮物 ·

✳

# 那壯麗的風暴

端坐著
像這樣去愛

又是孤身
在神的山谷
祢臨在的
壯麗風暴
剛剛掃過

我像一棵優雅的柏樹
臉孔和形體
都被祢的美摧毀。

為什麼不
指控祢不忠
或是更壞的
罪名

神在世間的
每一個
情人
都樂於

替
我
作證
。

# 把鞋子扔出廟宇

曾有人問我：

「為什麼聖徒要尋求神聖的消亡
他們往往十分謙遜
一有空就喜歡
跪在地上？」

我回答：

「那只是簡單的禮儀。」

然後他們說：

「什麼意思，哈菲茲？」

「嗯，」我繼續說：
「進清真寺或廟宇時
不是通常都要脫掉
腳上穿的
東西嗎？

同樣的情況
也發生在身心上──
身心就像鞋底──

當人開始意識到
自己立足於誰身上

就會動手
把『鞋』
扔出廟宇
。」

# 親手見證

祢是我
無法停止追尋的
羞怯聖鹿。

只有最近那次
我才靠祢那麼近
看見

自己的臉和心
映照在

祢柔軟而殊勝的雙眼

就那麼一次，摯愛
當我心想，終於
將祢圍困至此

親手觸摸
霎時
哈菲茲領悟
奧體的崇美
。

# 拋開這爛攤子

祈求
謙遜
這樣一來，神
就不必假裝慳吝。

哦，祈求誠實
強壯
善良
和純潔

這樣一來，摯愛的神
就永遠不必飾演殘忍的吝嗇鬼。

我知道你有一百個複雜的案例
能在法庭上與神抗辯，

但算了吧，旅行者，
我們直接拋開這爛攤子

去禱告，祈求愛，與謙遜
那位摯友就不得不
向你
現身
！

46

✳

# 如果神邀你參加宴會

如果神
邀你參加宴會
說：

「今晚出現在大廳的
每一位
都是我的
貴賓。」

抵達時
你會怎麼
對待他們？

沒錯、沒錯！

哈菲茲深知
這世上

沒有誰
不在
祂鑲滿寶石的
舞會大廳
。

＊

# 打造鞦韆

你攜帶著
所有將人生
變成惡夢的原料——
千萬別用！

在後院為神
打造一座鞦韆所需的
天賦，你都具備。

這聽起來
實在有趣太多了。
盡情歡笑，開始繪製藍圖、
召集才華洋溢的朋友吧。

我會用我神聖的鼓
和里拉琴來協助你。

哈菲茲
會唱出千言萬語
讓你握在手中，
有如黃金之鋸，
白銀之鎚，

拋光的柚木，
強韌的繩索。

你攜帶著所有
會把你的存在
轉變為天堂的原料，

用吧，
用吧
！

# 水晶之環

大地
朝太陽舉杯
而光──光
傾瀉。

鳥飛來
坐上水晶之環
我在林深處的洞穴
聽見歌，

遂奔向存在的邊緣
將靈魂投入愛。

我捧著心高舉向神
恩典傾瀉。

翡翠鳥從體內飛起
停歇於
摯愛
的酒杯。

我已永遠離開漆黑的洞穴。
身體與祂合一。

我以翅膀為橋樑
向你展開

方便你加入
我們歡唱的行列
。

✳

# 這是我的人

有人把你
放在奴隸拍賣場上，
而虛假，買下了
你。

如今我再三拜訪你的主人
說：

「這是我的人。」

你經常偷聽我們談話
光是聽著，
就使你的心狂跳不已。

別慌，
我不會讓憂傷
占據你。

我無比樂意去借來所有黃金
只為

將你
贖回
。

✳

# 宵禁

噪音
是嚴酷的統治者

總是強行實施
宵禁

靜止與沉默
卻打開醇酒的
瓶蓋，

喚醒真理
的樂隊
。

．
禮
物
．

## 賣給魚的
## 那隻耳朵

真的。
我曾把一隻耳朵賣給魚。
放輕鬆：我很樂意告訴你
來龍去脈
但我得先岔題一下，
或許會偏離事件的
邏輯順序
但晚點可以再把碎片拼起來。

我想想，
在我居住的這富饒而光明的世界裡，
我們可以從任何地方出發，
以任何字當作起點。

你的字母表中，第一個字母是什麼？

A，
哦——
那很好。

藝術（Art）是情人間的對話。
藝術為心開了一道出口。
真正的藝術使靈魂中神聖的寧靜
響起掌聲。

藝術，最終是一種了知
了知我們立足於何處——
當我們脫去衣服
將這緊繫在眉目上的
眼罩與面紗扯下

在此仙境中，
我們立足於何處？

我們是騎坐宇宙的夥伴。
我們內在的那人
踏在華麗的柱上，一腳一根
那人現正親吻著
上帝的手
想要與我們分享
重大的消息。

當你所有愛的天賦
都臻至高峰
你會發現自己在狂喜中雙膝落地。

哈菲茲啊，時間、空間和厭煩
都只是飛逝的潮流。
你所有的痛苦、憂慮和悲傷
有天都會向你道歉並承認
它們只是個巨大的謊。

我想想，
哦，對了
看我岔題到哪去了
「超越事件的邏輯順序。」
我記得我們本來要談的是：
賣給魚的那隻耳朵。

真的
月亮曾經懸賞
要我項上人頭。
還雇用了一夥

年輕的惡徒。
似乎是摯愛的神覺得
我說破了太多祕密，
免費贈出太多
祂珍貴的葡萄酒。

於是我被傳喚到一名身材壯實的法官面前。
我為自己辯護，
說：

「都是禱告的錯，
禱告使我體內滿溢神聖的珍寶
而我喜歡慷慨地揮霍。」

我向從未落地的白鳥
買了張票
讓我的雙眼永遠飛翔，

我賄賂一條古老的深海魚
請牠買走我的耳朵，沉入水底。

如今，每當上帝悄悄低語
甚至只是輕輕挪動
我都能聽得一清二楚
無數聖徒都嫉妒我
願意拿心臟交換這些祕密。

哈菲茲已成了
史上最偉大的間諜
徹底掌握神的情報。

這就是為什麼月亮找我麻煩。
也是為什麼壯實的法官
將整個天國都帶進狹小的陪審席。

若我勝訴，我的案子會舉世聞名
神，是故意冒險的。
我想，祂確實希望我的名字
人盡皆知，流傳千古。

你是否也像我一樣
深思過：
摯愛的神從很久、很久以前，
就已經知曉一切，
久遠到我們都尚未誕生。

現在，該唱完這首醉人的歌了
副歌中唱出精華：

藝術是情人間的對話。

真正的藝術
將喚起
非凡的掌聲
。

禮
物

56

※

# 你懷中的嬰兒

我的愛
如高湧的潮水

把你淹沒。

閉上眼睛一會兒
也許你所有的恐懼和想像

都將終結。

如此一來
神會變成

你懷中的嬰兒

這下
就輪到你

看顧萬物
！

# 我捧著雄獅的爪

每次起舞時
我捧著雄獅的爪。

獵鷹的雙翼在天空交歡
我深知那狂喜,

日與月
有時彼此爭執
誰能在夜裡擁我入懷。

如果你認為我活得
比這星球的任何人都更快樂
那你就說對了。

哈菲茲
樂意將與神為友的所有祕訣
都與你分享。

真的,親愛的
哈菲茲十分樂意
分享所有祕訣
讓人瞭解那美麗的
一。

我捧著雄獅的爪在每次起舞時。

當你心的雙翼在天空交歡
我深知那狂喜,

日與月
有天會彼此爭執
誰能在夜裡
擁你入懷
！

✳

# 如果馬蹄的落地

如果馬蹄的落地
曾使寺廟鐘響，

如果孤獨男子
上吊前最後的嚎叫

與夜鶯歌詠幸福的
絕美抒情詩
同樣成為翩然起舞的理由，

太陽終究會在你面前
揭開簾幕——

神，不再與你的頭腦
玩幼稚的遊戲
祂一把抓住你的頭髮
拖往後台，

向你展示
這古怪而壯麗的存有

唯一可能的
起因。

跑街穿巷
製造神聖的混亂，

讓大家和你自己都陷入至福的癲狂
只因摯友那美麗而敞開的懷抱。

禮物

從森羅世界奔過
去愛，去愛，

如果落在地上的馬蹄
曾使寺廟
鐘響
。

✳

# 搞什麼鬼

真愛
的祕密
我始終未曾透露。

我所有的話語
都只在她的窗外詠唱，

只因在她讓我進入時
我已許下萬千遍禁語的誓言。

但
她說道，

哦，意思是神說道：

「搞什麼鬼，哈菲茲，
為什麼不直接告訴全世界
我的
地址
。」

禮
物

# 有人放走了你的駱駝

既然聽見世界的孤寂
在摯愛的心旁哭泣
我無法僅是呆坐在受困的同胞身邊
我無法視而不見。

我對神的愛是這樣的：
沒有你，今夜我也能與祂共舞
但我更盼望你加入。

你的車隊迷路了嗎？

我是說，
你是否不再因感激或幸福而哭泣
或是原本，
只要覺察到最簡單的動作
最平凡的事物
都散發著非凡的美
你便深受衝擊
如今你卻無法再為此落淚。

親愛的，你的車隊迷路了嗎？

你是否無法再善待自己
無法再愛那些愛你的人
儘管愛你有時也是他們的重擔。

請你至少明白
昨晚有人放走你的駱駝
因為我聽見沙漠中傳來微弱的聲音
呼喚上帝。

請你至少明白
哈菲茲永遠提著一盞燈

燈裡
綻放著整個銀河

我將一直引導你的靈魂
前往摯愛的營帳
領受神聖的
鼓舞和溫暖
。

禮
物

＊

# 當我想親吻神

趁沒人
看見

我吞下沙漠和雲彩
咀嚼群山，我心知
那全是香甜的
骨頭！

在沒人看見而我又想
親吻神
的時候

我就用手
輕輕

碰觸

我的唇
。

※

# 一滴眼淚

我
懂
那從無人懂的
美。

怎麼可能呢？
在無限的時間裡
我似乎只是個新人。

那是因為，神只屬於你！

聽到了嗎？
你聽到哈菲茲剛剛說的了嗎？

神只屬於你！

這唯一合理的代價
是你的
一滴眼淚
。

# 揉成那個字

孩童
能輕鬆打開
抽屜

讓靈魂飛昇並穿上
歡聲和笑語織成的
心愛服裝。

當頭腦
被你對祂的記憶
吞沒

心
會發生神聖的事

會將你的手，
與舌
與眼，揉成
那個字：
愛
。

※

# 那麼多禮物

那麼多禮物還沒拆開
從你生日那天以來，
那麼多手作的禮物
都是神送給你的。

摯愛反覆叮囑，不厭其煩：
「我擁有的一切也都屬於你。」

很久以前
你靈魂中的每個細胞
都被打翻，永遠
倒進無垠的金色之海
你的心因乾渴而怨訴
如果哈菲茲和摯友這時放聲歡笑
請原諒我們。

戀人的痛苦，
確實就像
在一場重要的演出中，

在天地最愛的那首歌中，
屏住呼吸太久。

是的，戀人的痛苦就在於這昏睡
這昏睡本身，
直到神翻過身，給你
一個大大的早晨之吻！

那麼多的禮物，親愛的，
從你誕生那日至今尚未打開。

哦，那麼多親手做的禮物
都是神親自送到你的
生命之中
。

※

# 愛是葬禮上的柴堆

愛
是葬禮上的柴堆
我把自己的身體，活生生放上去。

錯誤的自我認知
曾帶來恐懼，造成痛苦

當我靠近上帝
這些誤解轉瞬成灰

從思想與精力的糾結之網
飛昇而去的

現在透過天使的眼瞳
閃耀著喜悅的光彩

從無盡存有的深處
發出
震耳的呼嘯。

愛是葬禮上的柴堆
心，必須投身
其中
。

※

# 阿拉，阿拉，阿拉

此刻

天之鼓在我腦中

響起

整日唱著

「阿拉，阿拉，

阿拉
。」

# 請別再死一次

我這個人
知道上萬種神聖之愛
的姿態

從你眼中的光我看得出
你最熟悉的
還是世俗的那幾種，

但一位好父親
怎會不教導所有的子嗣
走上有天會深深
滿足的道路？

這世界是凶險之地
懶人絕對會被宰殺、溺斃。

唯一的救生艇，是愛
與真名。

說出來吧，兄弟，
哦，說出那神聖的真名，親愛的姊妹，
在你行走時靜靜地說。
請別再死一次
你體內還有神聖的紅寶石礦
無人認領

在你還能揮舞
金色的十字鎬
步步
向前時
。

# 像賦予生命的太陽

你能成為偉大的騎手
為自己與這世界帶來自由
但必須先與禱告
成為甜蜜的情人。

天真的人才會以為我們
並未身陷激戰中，

因為我看到也聽到
身旁勇敢的步兵發狂，

在極度痛苦中倒地。

你能成為勝利的騎手

帶著你的心穿越世界
像賦予生命的太陽

但你必須先與神
成為甜蜜的情人
！

※

# 偉大的工作

愛
是偉大的工作
雖然每一顆心，
最初都只是學徒

在光之城的底層苦幹。

這場精彩的交易，
你的靈魂註定要登上
宏偉的王座——

這不是你
該在意的，

還不夠清楚？
學徒需要一位師父
這個人

要能迷倒整個宇宙
在他的杯裡展示奇蹟。

幸福是偉大的工作，
雖然每一顆心，
最初都要

拜
真正了知愛的那人
為師
。

·
禮
物
·

# 自我抹消

自我抹消
是一把金色的槍
要拿它轟掉自己的頭
可不容易！

我必須堅信上師
讓他用裝滿真理的
神聖袋子
使我窒息。

我需要絕大的勇氣
走入黑暗
追蹤神的足跡，進入未知

在全新的驚人氣味、聲音、景象中，
不慌亂，
不迷失，

即使日日夜夜
受困於周遭的詭計
也不發怒。

哈菲茲啊，
自我抹消，是把翡翠匕首
你必須縱身

躍入自己
沿著這條路
通往神聖的療癒——

沿著這條路
通往神
。

·禮物·

※

# 有些裝滿甘霖

你的心中有各種井
有些裝滿甘霖
有些太深，裝不滿

其中一口井
只有幾杯珍貴的水，

那是專屬於你的「愛」，
一旦失去，要再形成
會像孕育鑽石一樣慢。

你的愛
永遠不該輕易交付給
陌生人的嘴，

除非那人
具有足夠的勇氣
敢持刀將自己的靈魂切成碎片

再編織成毯
用來保護你。

我們內在有各種井。
有些裝滿甘霖，

有些太深、太深了
裝不滿
。

# 成熟之人

好藝術家和偉大藝術家
的區別

是：

生手
常放下畫具
或筆刷

從頭腦的桌面上
撿起無形的長棍

出於無助，砸壞畫架
和寶玉。

成熟之人
不再傷害自己或他人

只是鍥而不捨
雕刻著

光
。

禮物

※

# 每個地方

尖叫著
跑過
街道，

丟石塊，打破窗，
用我的頭敲響
洪鐘，

拔掉我的耳朵，
撕破我的衣服，

將我擁有的一切
綁在木棍上，
放火
燒了。

今晚，哈菲茲還能做些什麼
慶祝這瘋狂，
這歡樂，

只因我在每個地方
都看到神
！

# 超越概念

當金色夜鶯的呼喚
高高舉起我的存在
傾注天際，
我的頭腦
不再依附身體。

當神鬆開祂的髮辮，哪怕只是
一綹陰影落在我赤裸的臂膀，

我的心
不再依附頭腦。

靈魂的雙翼攀升至
令人崇敬的高度
化為太陽
對這幅景象的凝望中

我發光的心之王
是不可分割的真知

祂的棲身之所，
超乎人類所知的王座。

哈菲茲，
蘇菲的愛之道
壯麗得如此驚人

以致於
行走其上的每位旅人
某天都將化為

不可思議的——

神的
創造者
。

# 神的水桶

如果這世界
並非盛裝在神的水桶中

海洋，怎能上下顛倒
卻又不流失一滴水？

如果生命並非盛裝在神的酒杯裡

你又怎能如此勇敢，
笑著在死亡面前跳舞？

哈菲茲，
靈魂中有個私密的腔室
知曉至高的祕密

言語無法道出分毫。

親愛的，哦，我親愛的。你的存在
已被神蓋上印記：

「太神聖」、「太神聖了」──
直到永遠！

沒錯，神
在你的心上寫滿了
一千條諾言

說
生命、生命、生命
太神聖了
直到永遠
。

✳

# 興風作浪

我曾有位學生
會整晚在屋裡獨坐
擔心害怕得
發抖。

早晨來到，
他看起來往往
像是剛被鬼強暴。

有天，我起了憐憫之心

　　用神聖的寶劍
為他打了一把刀。

　　從此，
他成了我的
得意門生。

如今到了夜裡，
不只恐懼煙消雲散

他還出門

興風
作浪
。

# 禮物

我們的結合
像這樣：

你冷
我就伸手拿條毛毯蓋住
彼此發抖的腳丫子。

飢餓進入你的身體
我就跑到菜園
挖馬鈴薯。

你需要一些話語給你指引與安慰，
我立即跪在你身旁，
遞上這本書——
當作禮物。

一晚，你深受寂寞之苦
以淚洗面

我說，

這有條繩子
把我綁起來

哈菲茲
會終生
與你為伴
。

## 嘲笑「二」這個字

只有
那

不斷引誘無形入有形的
光照之人

才有贏得我心的
魔力。

只有那

永遠嘲笑著「二」這個字的
完美之人

才能讓你
認識
愛
。

✳

# 生命開始鼓掌

上帝
投下目光之處
生命
開始鼓掌。

芸芸眾生
拿起樂器
加入
演奏。

每當有人透過
另一具身體
領悟了愛

眼中的寶石
開始

跳舞
。

·禮
物
·

✳

# 偉大的基礎

偉大

總是建立在這個基礎上：

具備現身、

說話、行動的能力

一如多數的

普通

人

。

✳

# 對螞蟻謙恭有禮

當大象

對螞蟻

也能

謙恭

有禮

神

會在大象的肩膀上

綻放

。

·禮
物·

✳

# 祂冬天的作物

我見過
那對尊榮的雙眼
一瞥
治癒了一百道見骨的傷口,

在此同時祢的手,在桌下,
往最忠心的僕人心上的裂痕,
倒進一大袋鹽。

親愛的世界,我可以
用頭腦解釋
我們受苦的緣故,
卻又希望
沒有人能接受這些說辭,
待早晨來臨,
你又站在神的門前
拿著斧頭,架起護欄,
娓娓稟告,連天叫苦。

把受苦當成一種洗滌。
也就是說,
哈菲茲,你常常全身濕透
滴著水。

在上帝長遠的計畫中
我能想到唯一的好處是
當祂突然燃起
狂喜的火焰

世界不會在一瞬之間
成了燃火的燈芯

化作神聖的灰燼，
徹底毀滅

祂冬天的
作物
。

✳

# 光之香氣

我的身體

像餓壞的巨獸

顫抖地

緊跟

光之

香氣

。

※

# 沒有牴觸

笛音悠揚

沒有牴觸

因為當下我看見

每一個動作

都出自上帝的

神聖

之舞

。

·禮物·

# 別再叫我
## 孕婦

有一段時期
師父見我就說：

「哈菲茲，
你是怎麼變成孕婦的？」

然後我會回答：

「親愛的阿塔爾，
您說的肯定是真理，
但我聽來是個謎。」

在他殊勝的陪伴下，好幾個月過去了。
但某天他又重提那句怪話
我終於失去耐心
脫口而出：

「別再叫我孕婦了！」

阿塔爾答道：
「親愛的哈菲茲，有一天，
你腦袋裡所有胡思亂想都會乾涸
如同陽光下的
一潭死水，

但如果你想知道，真相是：
我清楚看見上帝與你交合
整個宇宙在你的肚裡
結胎

美妙的話語，
　啟迪人心的文字
　都將由你孕育

　然後受到千萬顆心
　　所呵護
　　　。」

．禮物．

＊

# 一根奇怪的羽毛

所有
瘋狂，
所有空洞的情節，
所有幽魂和恐懼，

所有怨恨與悲傷
都已消逝。

我一定曾吸進
一根
奇怪的羽毛

而那根羽毛
終於
落
下
。

# 我真的只是一面鈴鼓

好詩

能讓宇宙坦承

這個祕密：

「我真的

只是一面鈴鼓，

抓牢我，

演奏我

抵住你溫暖的

大腿

。」

✳

# 存在的階梯

我們
不追求儀式
或虛假的宗教
戒律，

爬上存在的階梯
我們來到
上帝門前。

我們
必須去愛，
因為愛是靈魂的生命，

愛就是萬物極致的喜悅。

爬上
存在的階梯，
哦，爬過那存在的階梯，哈菲茲，

你已來到
我們都已來到
摯愛
門前
。

✳

# 白鳥說了什麼

大地自我腳下消失，
從狂喜中逃逸，

像高歌的飛鳥
我感覺此刻玫瑰
正綻放。

心化成耀眼的翅膀。
愛難道沒有帶來自由？
戀慕難道不讓人自在？

女子站在田野
流下眼淚和汗水
凝望太陽與我
談笑風生。

但哈菲茲永遠不會嘲笑
你為追尋平安所做的
那蒙福的勞動。

起舞的白鳥說了什麼
當牠俯瞰這燃燒的草原？

所有你以為是雨的，都不是。
那是哈菲茲與天使在面紗後，
不時流下的淚

太多雙眼睛都罕有喜悅
你神聖的美仍太驚恐
不敢舒展千萬隻搖曳的手臂。

大地自我腳下消失，
幻想從狂喜中逃逸。

就像天空裡發出光芒的飛鳥，此刻
神一直在，

一直在
我的體內
綻放
。

✳

# 我怎麼傾聽？

我
怎麼
傾聽？

把每個人都當成
師父
正對我吐露
他
臨終的
真
言
。

※

# 地球戰戰兢兢

地球戰戰兢兢
準備迎接上帝的戀人
即將起舞的腳步。

天空變得太膽怯
當偉大的聖者在狂喜中
揮動手臂，

因為天空知道體內珍貴的裝置，
太陽、月亮和行星
全都會上緊發條
在地板上狂野翻騰！

親愛的，這世界、世界的法則、
我們的感知，
只是整個存在中極小的部分。

我們的痛苦與悲傷
不就該像是

安睡在上帝的胸膛時
嬰兒手中輕輕滑落的東西嗎？

地球戰戰兢兢
準備迎接哈菲茲的腳步。
天空從口袋掏出鏡子
練習
羞怯的表情，

摯愛終究
張開了雙臂

邀請我的心，
永恆共舞！

日之燭＊忘卻時間；
世界恣意狂歡。

看哪，
太陽甜美的臉頰
在午夜泛起緋紅

渴望著上帝的戀人
落下狂舞的步伐
。

．
禮
物
．

＊日之燭，指太陽。

102

# 兩者差異

神聖的人和完美的人
住在同一座美麗城市的郊區，
相隔好幾英里。

有一天，這兩戶人家得知，
來訪的王子想要向
當地最受人崇敬的精神領袖
表達敬意，
獻上一小筆錢
協助他推動神的事業。

長年以來，大家對於
這兩人究竟誰的靈性高
一直有所爭議
於是王子策劃了一場比賽，
因為他只有時間拜訪
其中一人。

王子派人傳話：
「三天後，我會在住處
接見這兩位宗教人士
派出的首席代表，
在向他們充分提問之後
我和大臣們會判定
哪一位的師父最接近神
然後向他獻上敬神的禮金。」

聖人收到消息後
與他所有的弟子開會。
針對現況討論了好幾小時，

窮究所有細節，
審慎考量這筆財富的重要。

然後以毫無懸念的多數決
選出了羅摩朱。

羅摩朱是極英俊的青年，
偉大的獵人、傳奇的勇士、知名藝術家。
他才智非凡，風度翩翩，
會說二十種語言
承繼皇室的血統，
他的姨婆是王后。
聖人的陣營中，有人還透露這位王子
不僅喜愛女子的陪伴，也享受男子的親暱。
他們都點頭，羅摩朱正是合適的人選。

完人收到王子傳來的「消息」，
立即喚來雅薩敏；
不需要與誰商量。

雅薩敏是主人家中的
女僕，
快八十歲了，是著名的老巫婆，
她為他工作一輩子——
全城上下沒有人願意雇用雅薩敏
因為她真的瘋了
（也許是為神瘋狂）。具體來說
能代表主人參與這重要場合的她：

好幾個月沒梳頭、沒洗澡：
總是以自創的神祕語言
發出難解的低語
只有主人聽得懂。

她常露出私處
做出猥褻的動作。

她挖鼻孔挖上了癮
還會以驚人的準度彈鼻屎。

五分鐘內不放個四次響屁
則是前所未聞。
此外，她是靈媒，
說不定還會毆打王子
要是她「看到」王子——
曾與他的駱駝浪漫過了頭。

完人知道，雅薩敏
是最佳的特使
尤其是聽到，
她點頭答應時發出深有所悟的笑聲
妝點她原已壯麗、崇美而自由的本質
她會驕傲地在頭頂戴上
用三隻活雞組成的王冠
往赴皇室的邀約。

王子的約定日到了。
兩位特使進入王子的住處，各自分開
沒見到彼此。

羅摩朱先進去
雅薩敏在門外聽見歌聲，
輕快活潑的交談足足持續了兩小時。

她知道發生了什麼。
王子愛上了他的賓客。

接著，雅薩敏被帶進門

王子不敢相信
他感覺受到重大侮辱
甚至有點害怕
因為雅薩敏能夠「看到」王子的過去，
她大吼大叫，就連他也聽得懂
那是關於沙漠中，他，與那頭年幼、
俊美的駱駝，那個令人悔恨的夜晚。
她還從二十英尺外
彈出兩坨超大的鼻屎擊中王子；
鼻屎從他的額頭彈開
正好掉進茶杯。

王子下達逐客令
雅薩敏被揍了一頓，扔出去。

她狂喜著返回主人家
前所未有地快樂。

那一晚，王子一夜無眠，
只在黎明前淺睡幾分鐘。
就在那短暫的睡眠中，他夢見：

先知穆罕默德
坐在一匹華麗的白馬上
先知身後坐著一名男子，
對王子笑道：

「為什麼毆打我親愛的雅薩敏？
她只是對你說出真相。」

王子驚醒
顫抖著坐起，一身冷汗。

他喚來座騎，配上馬鞍

帶了十名士兵，
前往聖人的居所求見。

一見到他，王子就明白
他不是夢中的那人，

他打發士兵，脫下鞋子
一路啜泣
朝著完人之家走去。

親愛的各位，
運用你的天賦
好好說完這故事

讓你的心
升華到最高處
。

✳

# 天使對祢心知肚明

祢是我孩子的父親。

祢度過一夜狂歡。

如果祢不再想要我的身體
所能付出的愛，那麼

至少好好關愛我心化成的
聖潔的嬰孩。

神，當祢生下我的靈魂
就與我一同孕育了子嗣。

我想起昨晚對天使們
埋怨祢虐待
這名「無家的小孩」，

但我隨即想起
他們其實也有一長串愛的控訴

因為
他們對於祢的行徑，也是
心知肚明
。

禮
物

※

# 偷拐搶騙

有個瘋子住在你心裡

他一天到晚在競選──

為何投票給他？

他帳目一直不清。

他在鎮上

四處偷拐搶騙

讓你頭痛不已

還讓皺眉的表情

牢牢黏在

你臉上

。

✳

# 石磨的天賦

只有創造諸神的神
才敢對著心最深處的感性
歌唱。

在摯友演出的
小酒館
我驚訝不已

晚上
座位往往空著
老舊的椅子懷念溫暖的大屁股
免費幫它撢灰。

穀物的外殼
需要先靠石磨的天賦去除，
唯有尊貴家之眼的智慧
才能治癒生命，

然後人才能看見，
看見無處不是
神在旋舞。


摯愛的神請哈菲茲
徹底發揮
石磨的
天賦
向你最深處的感性
歌唱
。

# 讓思想成為你
# 美麗的戀人

讓思想成為美麗的女人。

培育你的頭腦與心向深處成長

直到能給予你，溫暖的身體所能
給予的一切。

為什麼一直只和神的孩子
形體
做愛呢？

神都已親自
站在我們面前
大大張開雙臂。

我親愛的，
讓禱告成為你美麗的戀人吧

然後重獲自由，
從世界之中重獲自由
像哈菲茲一樣
。

# 澄清那些指控

瞭解神的物理學，
明白祂不可分割的天性，

讓每一個宇宙、
每一粒原子都承認：

我只是無助的木偶，
少了祂的手
就無法跳舞。

各位親愛的同學，
今晚的進階班
將會

澄清那些指控，
結束這場
堵塞腦子的
心理
訴訟——

哈
雷
路
亞

寶貝
！

※

# 想清楚的回報

花一秒鐘思考：

神（身為神）擁有無限的知識，
不僅知道你的每個念頭和行動
你人生會經歷的一切

（甚至包括你出生前的一切）

祂是神聖的造物主
親手
銘刻了你每一刻的存在

祂的精準與關愛
沒有藝術家能相提並論。

再想想：

我沒聽過小鳥或太陽
對神說，
我很抱歉。

把這件事想清楚了，
似乎會有很大的回報：
所有存在，都是神掌中的小卒。

看哪，有的獲得翅膀
在每個早晨
將美妙的音樂贈與世界；
有的化作非凡的光
實際供應了整個星球的生命力，

還有的，使一千顆月亮都為愛癡狂，
　　雙頰徹夜緋紅。

　　前提是人交出
自由意志，這根幻象中的枴杖，

　　服膺道德的最高準則——
　　　為他人的福祉
　　　　而活
　　　　　。

禮
物

※

# 請

我們在
尼羅河的盡頭。

從每座大陸、每樣生物、每個年代
我們帶來粒子。

我們視野中的平原，已經
下了數百萬年的雨

我們的知覺，與祢——
親愛的神相比，是如此渾濁，

但我們全都試著在此
擁抱清澈的天空之海
我只聽見祢說：

「親愛的，來。

親愛的各位，
請
過來
。」

*

# 永恆的渴望

我們就像

曾被上帝抱在懷中的

魯特琴。

如今遠離了祂溫暖的身體

這完全解釋了

永恆的

渴望

從何而來

。

# 悲傷的遊戲

埋怨

使得悲傷的遊戲持續進行。

它一直竊取你的財富
送給
不懂理財的笨蛋。

親愛的，
醒醒
吧
。

117

＊

# 王者的大衣

喜悅
是皇家的服飾

現在每天我都能
穿上王者的
大衣，

但我深愛平民百姓
對他們的辛勞
感同身受

我常把一大滴
悲憫的顏料
滴進

眼
裡
。

※

# 不要再那麼虔誠

傷心人的
共同點
是什麼？

他們似乎全都搭建了
一座聖壇
祭奠過往

且經常在那裡
怪哭
朝拜。

那麼，幸福的開端
又是什麼呢？

就是不要再
那麼

虔

誠

。

✳

# 摯友會這樣做

摯友會這樣做：
說出他家的鑰匙藏在
哪一條毯子底下。

哈菲茲，直奔重點吧
今天就跳過無謂的寒暄：

去穀倉後面
掀開克曼地毯右上角
看看

我可愛的狗狗通常會
睡在上頭
（放心，牠不會咬人）

你一定不相信
從我臥室的窗口
看出去

神的風景
如此不凡
。

✳

# 它感受到愛

玫瑰
如何
敞開心房

將自己的美
全然贈予
世界？

它感受到
光的鼓舞
映照身上，

不然我們
老是

太

害怕
。

✳

# 看哪！我是鯨魚

我們住在太陽的遊樂場。

這裡，
每個人都能如願以償。

有時是美女的身體，
有時是美男的身體，
有時是
兩者同在一個身體。

我們過去也常在動物世界
玩這種標記遊戲。

一下是老鼠，
一下是老虎，
看哪！我是鯨魚——厭倦了陸地，
要返回大海待一陣子。

蘊含在我們精力和頭腦中的是
什麼力量，永恆不滅，

讓我們能不斷採買亮麗的衣裳？

我們都聽說過有個吹笛者
一直跳著舞
朝祂去。

哈菲茲，
你見過那吹笛者
情不自禁
隨之旋身起舞

。

＊

# 兩隻熊

一整天
艱難的覓食結束後
兩隻熊
靜靜坐在廣闊的美景前
看著太陽西下
對生命
深深感激。

過了一會兒
一場發人深省的對話開始了
牠們談起的主題
是「名聲」。

一隻熊說：
「你有聽說羅斯坦的事嗎？
牠現在很有名
住在金色的籠子裡
四處旅行；

牠在數百人面前表演
慶典上的把戲
大家笑著
為牠喝彩。」

另一隻熊
想了幾秒鐘

開始
哭泣
。

✳

# 空中獵人

繼續
敲響鐘聲，
彈奏坦布拉琴，呼喚祂。

你的精神體
曾經觸及內在神聖之物，
但現在，你的雙眼彷彿破碎，
祂神聖的臨在已遠。

一旦知曉
神聖之美
心就會這樣：蒙福並毀滅

變成不安的
空中獵人。

那戀人在他的生命中，
與神相伴的甜蜜時光中
盤旋不去

渴求
再次親吻
祂的臉
。

✳

# 寬恕這個夢

在你的天空
我看見
冬天的圖像。

我明白你心中還有
尚未痊癒的傷口。

它們依然存在
是因為愛與神
還不夠真實

還無法讓你寬恕
那個夢。

你還在聽老巷裡的歌曲
讓身體隱隱作痛；

現在，鍊住你的耳朵
只聽祂行進的鼓與笛。

將你的視線
釘在祂眉宇間
那壯麗的拱門
支撐著宇宙
使其得以擴張。

你的手、腳和心都富有智慧
希望明瞭完美太一的世界
是何等溫暖。

真正的聖人
就是一顆四季常春的地球。

一棵開花的紫荊樹上
花瓣的脈管中

隱藏著許多世界
哈菲茲
有時會棲居其中。

我攤開
用光織成的
波斯地毯。

我挖空葫蘆瓶，在屋頂曬乾
我們可以用它大口喝酒

帶上我揉製的麵包
裡面含有我
神聖的基因

再配上自家小牛產出的乳酪。

我對你主人的愛是這樣的
儘管放鬆坐著
我會把這真理
餵到你口中：

愛的傷口，會痊癒
但唯有在你寬恕了這個夢
的那一刻起
。

# 最美的騾子

有時騾子不知道
什麼對牠來說最好。

當頭腦產生困惑
就會隱隱渴望主人
熟練地揮起鞭子

將牠領到地球的高原
可以自由奔馳的地方
在那裡受祂甜美的光照耀
生命變得美味。

哈菲茲總是帶著鞭子
但很少派上用場。

我寧願
把自己變成
鎮上最美麗的騾子

我的尾巴搖曳歌唱
我知道，你的心
會跟上
。

※

# 今日

今日，當我行經
人間
市集
我不想
太快
走過
上帝掌心那美麗的線條。

如果我沒有親眼見證這項真理：
每一樣事物都是
我摯愛的神，
那麼，我不想觸碰世上一草一木

我對存在的理解
發生了一些改變
現在，我的心總是充滿驚嘆
與良善。

當我今日
與珍愛的
生命
共舞

我不想
太快走過
上帝身體上那神聖的地方
也就是你腳下的
那一處
。

✳

# 智者一直說著

時間是一座工廠
人在其中辛勤工作

只為打造出足以
擊破枷鎖的
愛。

智者一直說著
想要見到她。

女人有時唸出「神」這個字的發音
稍有不同:
她們彈起心之琴來
情感更深,技巧更豐富。

全世界的動態、
顯而易見的混亂與受苦,如今我明白
都同屬於這華麗的合奏:

我們的鈴鼓拍擊
同一條大腿。

哈菲茲站在
這首詩的接合處。
我能製作一千個嶄新的輪子
安上馬車
邀你入座──
領你瞥見另一個維度的
文化與四季。

然而上帝會
再次把你丟回工廠

你仍需繼續
　　愛的

　　勞動
　　　。

# 變回她自己

上帝將人變回他自己
百千萬次。

你們排成一列
領取這至高的禮物
祂的慷慨永無止境。

但在寒冷的沙漠中等待時
最好帶上一把樂器

發出些悅耳的聲音
陪伴棕櫚樹搖曳的手臂
火光照耀
在天空的簾幕
投下剪影。

提醒親愛的神你的渴望
和無比的耐心。

上帝將人變回她自己
百千萬次。

我們都排成一列
等待領取那至高的
禮物
。

＊

## 騾子醺然
## 迷失於天堂

頭腦
一直是觀光客
東摸西摸想買新東西
再扔到塞爆的
櫃子裡。

所以我把我的話鑲進指南
讓你讀到那神祕的小酒館
發生的新鮮事。

頭腦對於多樣化體驗
的需求
少有事物可比擬。

我很高興
無論男女，少有人是
幻象的忠實情人

有一種通姦
為上帝讚許：

你的心神必須離開
恐懼的床鋪。

粗重的，精微的，心智構成的世界
變成無用的丈夫。

女人必須
善用高超的智慧
去愛

這樣她們長久以來的遺產
才能使我們更強壯、更仁慈。

有時一首詩就這樣展開了：

我一邊吟唱
一邊騎著騾子上路
牠很快就醺醺然

迷失於
天堂
。

✳

# 為何棄權？

為何放棄
愛的權利呢？
你的靈魂
美麗如雪雁
有一天總會離開這個
夏令營。

為何放棄
幸福的權利呢？
你的心
像老練的獅子
埋伏著

有一天
會發現
神聖的獵物
一直都在
眼前
！

禮
物
.

# 勇士

勇士會馴服
往日的野獸
讓夜的腳蹄
再也無法踐踏心中
鑲滿珠寶的風景。

聰明的人與勇敢的人
打開未來每一個櫥櫃
將惡習難改，到處嘔吐的鬼魂
驅逐出境。

宇宙已經在你脊椎裡
發芽很久

但只有辟爾*才具備必要的天賦
與勇氣
斬殺過去的巨人，未來的焦慮。

聰明的勇士
與其他人
坐成一圈
合力揭開
祂的面具，

就這樣
坐著，給予，
像是大地上一顆
發亮的
星球
。

* Pir，波斯語，意為聖徒。

✳

# 割裂上帝

大家沉沉入睡
月亮開始歌唱
眾星披上閃亮的袍
貼近她身旁
旋舞。

我問過月亮：
「妳和妳的快樂夥伴
為何不讓更多觀眾
看見如此浪漫的演出？」

整片天空同聲唱起：
「要聆聽崇高的音樂家
吟唱愛之歌
需要入場券

成日割裂上帝
忙到精疲力盡
需要休息的人
買不起。

酒館的提琴手
棲身屋頂，陶醉不已

不願讓他們的音符
落在
住了會計師的耳朵裡
這些人拿著削尖的鉛筆
不停記錄著
別人

或許在巨慟或悲憤中
　　對你說過
　　的話語。」

　　哈菲茲知道：

　　當你找到勇氣
　　與寬恕成婚，

　　當你找到勇氣
　　　　與愛
　　　　成婚

　　太陽會吹著口哨
　　　作你的伴郎
　　　　　。

✳

# 我看到兩隻鳥

我倆的嘴唇，恰好能一起靠在
我帶的笛子上。

這讓我的音樂聽起來
甜美許多

你的呼吸和我的呼吸
穿透彼此而深入肋骨
相吻。

今早我看到兩隻鳥在樹枝上
與太陽一同歡笑。
牠們提醒我，有天我們會
這樣存在。

親愛的，
一直憶念著神，
一直憶念著永恆的摯愛
不久後整片蒼穹
都將是我們的歸巢。

忘掉你所有對真理的渴望，
我們已遠遠超越那個，
此刻只有——
純粹的需求。

我倆的心必然要歌唱。

我倆的靈魂
在上帝手裡
那把神聖之笛上

· 禮物 ·

138

註定要相逢
互吻
。

＊

# 穆罕默德的孿生兄弟

我

認識

你在尋找的

那一位。

我稱祂

穆罕默德的孿生兄弟。

你見過祂，因此你的眼睛

正以溫柔為絲線，編織一張大網

有天將會

網住

神

。

# 極小的神

有些神（極小的那些）說：
「我不在這裡，不在你鮮活、濕潤的唇上
那唇瓣需要登上
赤裸身軀的金色海灘。」

有些神說：「我不是
單戀的靈魂中，結痂的渴望；
我不是每一顆星辰
飛紅的
臉頰──

我不是，片刻都不是，
備受讚賞的大廚
會調和珍貴的分泌物，把頭腦
濃縮、提鍊成無暇的寶石；
我也不住在那些，從大地恩惠中誕生
甜熟而溫熱的
糞肥裡。」

有些神（我們該吊起來的那些）說：
「你的唇不是設計來認識祂的唇，
愛，不是為了燒盡
光照的國土
而生。」

親愛的各位，
當心受驚的人創造出的
這些極小的神

祂們只能為
傷心的日子
帶來短暫的麻醉
。

．
禮
物
．

※

# 合而為一

你想要

與大地和天空

合一，

我們全都需要，與愛合一，

上帝心上的金色翅膀

剛剛落地，

現在

踏上去吧

帶著你勇敢的太陽之誓

讓我們的眼睛

跳起
舞來
！

※

# 當你能承受

當言語
到了盡頭
而你能承受靜默

靜默揭露你心中的
痛

痛來自空無
來自扭曲而甜美的強烈渴望，

那就是時候到了
該聽聽親愛的上帝
眼神

最想對你
說

什麼
。

# 多話的破布

今天早上
一切
清清楚楚，

我的腦和心從未
如此確信：

唯有神存在，
偉大、
狂野的神。

但不知為何
從這滅絕性的了悟中
我被猛拽出來

才會再次現身為
一條沾了酒漬
多話的

破布
。

✳

# 誰來餵我的貓？

當我

離開

世界，

需要有人替我餵貓，

但她不是普通的貓。

她只有三隻腳爪：

水、火、

風

。

·禮
物
·

✳

# 竊賊聽見看門狗

一個人如果
害怕失去
表示他還沒望穿摯友的眼；
他忘光了神的
允諾。

與摯愛相遇而獲得的珠寶
會自動增長；
因為它們在每一處
都生了根。

它們時時刻刻
都在交配，像是
被春天煨暖的生物。

祂送的禮物
裡面傳來
看門狗的叫聲

竊賊聽了
拔腿就跑
。

✷

# 靜止的杯子

為了

讓神

造愛，

為了讓神聖的鍊金術生效，

水壺需要靜止的杯子。

你

最重要的

必備條件是什麼

又何需哈菲茲

多費

唇舌

？

.
禮
物
.

※

# 無需燈油的油燈

我已完成前往空無的旅程。
我已點亮無需燈油
的油燈。

我已淚流成河
哭出翠綠的水晶
我跪落的膝蓋已結痂，向愛祈禱

別再讓我從任何世界
聽見

自己的名
即使那聲音，來自神聖的念頭

神啊，也別再讓我看見
祢給我的筆，
握在太陽或天空老練的手中
寫下任何字，
除了
「一」。

我已完成前往空無的旅程。
我已成為無需燃料的
火。

摯愛啊，
事到如今還需要再
呼喚哈菲茲嗎？

如果祢呼喚我，
　我就
　從祢裡面
　走出來
　　。

・
禮
物
・

※

# 太過美好

誰也不可能畫得
太過美好，
如果你畫的是

我的心
或
神
。

# 瞭解大象

黑暗的森林裡
金色葉子下
一顆種子發芽。

種子深深思索，
認真想瞭解
大象
漫步的習慣。

為什麼呢？

因為
在這個淺白、浸了酒的故事裡
大象其實是——
神，

祂巨大的腳掌就在我們上方，
金色的葉子下
躺著
一個發芽的宇宙

我們
在其中，都有點擔心
外加

緊張
。

✳

# 老音樂家

對神
略有所知的人
該如何相遇
與道別？

就像
老音樂家
問候他心愛的
樂器

就像一流的音樂家
總會特別用心，

讓每場演出的最後幾個音符
難
忘
。

※

# 魚會和我聊天

有時候
魚
會和我以靜默
之語
聊天

我們望進
彼此的眼和笑，
它們往往
說：

「嘿，哈菲茲
我們知道你瞭解我們
存在的喜悅，

我們知道你已發現，冥想
如何使你從陸地
頭腦、債務、贍養費
這所有的徒勞中解脫，

讓你
如我們

從早到晚
狂歡

於神之中
。」

✳

# 心是對的

心的哭泣
是對的

連最小的一粒光，
一滴愛，
都被奪走了。

或許你會在尊貴的寂靜中
拳打腳踢、
呻吟、慘叫，

你再怎麼鬧
都完全是對的

在上帝
回到

你身邊之前
。

※

# 從神的帽子

昨晚，從魔術師的帽子裡
星星被倒進天空，
全都掉進我的髮叢。
有些還纏住我的睫毛
打成頑皮的結，發光。

旅行者，
歡迎你從我肩上的散髮
剪下發光的一綹。
圍住你顫抖的身心
它們亟需神的溫暖撫慰。

我像裝滿牛奶的水壺
在慈愛的母親手中。

我所盛裝的，如今
都已攪拌成舞動的太陽與月亮。

從隱身的暗巢中
露出你可愛的脖子和嘴
我會把光芒倒進你的心。

春天來臨
你會看到我在原野上打滾
那裡爆發了聖戰

那是氣味與聲音的戰役——萬物
都是草莖上光彩奪目的新星。

森林裡的動物聽到我的笑聲
紛紛捨棄深處的本能與恐懼，

衝到草原
舔起我的手和臉，

我好開心，
開心到

眉飛色舞成為魔法棒。
楚楚可憐的小動物看到這美妙的信號
也同聲歡唱

創造出奇異而原始的絕美之音！

我在這世上的遺憾就只剩下：

羞怯使你不願將自己
挨餓的身體交給神

看摯愛為你的勇氣
滿心歡喜

祂的肚子搖啊搖的
更多星球彈起來
掉在存有的迎賓毯上
皆因你珍貴的愛。

摯友將我的詩行轉化為神聖的花粉。
當微風吹過

獵鷹、蝴蝶
和一群頑皮的小天使
站上翡翠長矛

像一陣沙塵暴從我這裡飛去，
讓你什麼都看不見，
除了真理！

親愛的，
就算你沒有能捕捉金星的網

我的音樂
也會在繞行地球數百年後
崩塌如輝煌的瓦礫，
神聖的種子會落在女人的沃土上。

哈菲茲想幫助你，
讓你對自己的每一個慾望
哈哈大笑。

哈菲茲
希望你知道

你的生命，你的舞步，
都在上帝的臂彎裡
早已

完美
！

禮物

※

# 陶碗的命運

看
你乘的船
開往
何處：

你肉身的港口是座墓園。

認清每一只陶碗的命運
被拋向天空
無人
承接

我終於
接受了摯愛的善意
報名

祂
崇美
艱鉅的課程
學習
精神
之愛
。

# 但願你不會控告
# 這位老人

我
無話可說
因為神已用祂鋒利的刀
將我
徹底刨空，

恰好揚起一陣神祕的風
吹動「無形」。

我進入你的靈魂。
親愛的朝聖者，你的美震懾了我，
使我的靈魂失足

跌落你心上
一根弦。

後來，哈菲茲只是翻譯
你的愛發出的呼喊
彷彿是
我自己的話語。

但願
你不會為這點小事
控告這位
酒醉的
老人
。

※

# 忠實的情人

昨晚月亮來找我
提出甜蜜的問題。

她說：

「太陽已經當了我忠實的
情人，數百萬年。

每當我向他獻上身體
耀眼的光芒就從他心中傾瀉。

成千上萬的人注意到我的幸福
和喜悅，他們用手
指認我的美。

哈菲茲，
這是真的嗎？我們的命運
就是要成為
光本身嗎？」

我答道：

親愛的月亮，
此刻妳的愛已成熟，
我們得常常這樣
促膝長談

或許我就能教妳
如何成為
妳
自己
！

# 是時候了

是時候明白
凡你所行之事，都神聖。

現在，何不考慮
與你自己，與神，長期休戰？

是時候瞭解
你對是非的一切概念
都只是兒童的輔助輪
可以放到一旁了
你終於能與真實
　　與愛
相伴而活。

哈菲茲是神授的使者
手中握有摯愛
親筆寫下的神聖訊息。

親愛的，請告訴我，
為什麼你仍朝著自己的心
　　與神
丟擲棍棒？

是內在何等甜美的聲音
煽動你去害怕？

是時候讓世界明瞭
每一念頭和每一行動，都神聖。

是時候
審慎而深入地評估，

除了恩典，
怎可能還有其他事物存在？

是時候了，你該明白
凡你所行之事，
都是神聖
。

# 數痣

戀人不會
說出所有
祕密。

他們可能
數算彼此
私密部位有幾顆
痣，

詳實數字
互相保密。

神與我
簽定的合約
甚至比那
更私密！

只是其中有一項條款
提及

不得繪製詳細的分布圖
標示出祂所有美麗的

歡笑的
痣
。

✳

# 哈菲茲

一切

都只是場愛的競賽，

而我

永不落敗。

現在你多了個好理由

撥出更多時間

與我

相伴

。

※

# 身體，一棵樹

身體，一棵樹。
神，一陣風。

祂像這樣吹動我，
像這樣，

天使聚集在我臉頰下
爭先恐後，
抱著
酒桶

搶著去接晶瑩的眼淚
珍珠

雨
。

禮
物
．

166

✳

# 強烈的需求

出於

強烈的需求

我們全都手牽著手

攀上去。

不愛，等同放手。

聽著，

以周圍的地形來說

那樣做

太

危險

。

✳

# 可能會降下神聖的微塵

我們經常身陷戰場。
總是在防禦堡壘的每一面，
感覺像孤軍奮戰。

坐吧，親愛的，
深吸幾口氣，
想想你忠實的好友。
你的音樂呢？
你毛絨絨的寵物呢？

像你活了那麼久
想必知道
心中何處能找到個林蔭道或避難所
供你此刻好好睡一覺。

如果無法斬斷恐慌，
就在心中
盡可能真誠地說：
「全是神的旨意！」

現在重拾你的生命。
讓外面虎視耽耽的那些
通通衝進來吧，

朝著空中大笑、吐口水吧，
可能會降下神聖的微塵。

扔開那些梯子，只當是細小的火柴
梯子上「只不過」有些幽魂
試著攀上你的心。

你的愛，辯才無礙。
天空和我都想聽聽！

如果你還是感到無助
就再次發出戰嚎，

哈菲茲
已嘶吼過無數次，

「那些全部、
全部都是神的旨意！」

那是什麼？我看到未來的你
周身圍繞著發光的雨

從東部平原席捲而來

看起來，哦，看起來就像
神聖的微塵

以喜悅
將你的嘴巴和掌心填滿
！

※

# 努力穿上褲子

你是
一尾王室的魚
努力穿上褲子
在陸地之國
異邦之鄉。

現在有個問題
值得好好討論。

你與上帝的分離已經成熟。
如今就像金色的果實
落到我手中。

你所有的傷，都來自
渴望愛而做出的英勇行為。

賣掉那些徽章吧；
這份勇氣會幫助這個世界。

人需要愛那些他還未能去愛的
才能站在摯愛身邊。

為什麼
一尾王室的魚
要努力穿上褲子？

哈菲茲，
你在說什麼？
你聰明的腦袋
壞了嗎
？

✳

# 這片天空

在我們

居住的

這片天空

不可能弄丟翅膀

所以去愛，去愛

去愛

。

✳

# 一致同意

在我出身之地
大家一致同意：

神不在身邊時
一點也不好玩。

我們全是獵人。
智者研究出神的弱點
設下了聰明的陷阱。

聽著，
神同意玩一場名為
愛
的遊戲。

遠在這地球誕生前
太陽就被安置在天空中
等著撫慰十億張臉。

哈菲茲支持所有藝術

因為藝術臻至高峰之際
會把光帶到我們身邊。

智者知道能把神拉近身邊的是什麼，

是你心中的
悲憫之美
。

**✳**

# 兩灘水窪聊天

夜裡下雨
黑暗中形成兩灘水窪
它們聊了起來。
一灘水說：

「真好，終於降生地球
還遇見你，

只是等燦爛的太陽歸來
將我們遣返回靈體
又將如何？」

親愛的各位，
盡你所能享受這夜晚吧。

何必在你剛剛落地
身體還充滿溫暖的慾望時
就害怕憂心呢。
看哪：

那麼多柔軟的毛髮
在你身上種成草原。

你不已蒙受福佑，在
完美的唯一
附近定居？

何必拿神來困擾自己？
祂是如此親切
又不帶批判

。

✳

# 祂的芭蕾舞團

智 慧
之
萬 象

無 染 地 觀 看

人，管理他肉體
和銀器的方式。

人 照 料 形 體
就 如 同

．
禮
物
．

參 加
蒼 穹 芭 蕾 舞 團

神 聖 的
選 秀
。

# 敬 畏

由 於
上師身體之外
一切都不存在

我努力
敬 畏
萬有。

由 於
上師身體之內
一切都不存在

這把我從所有道理中
拯救出來
不再強求理解。

怪不得啊，哈菲茲，
要讓微笑
拋棄你

真的很
難
！

# 我們種下的那顆樹

挈愛的師父

我們種在你墓碑
附近的
那棵樹

順利成長茁壯
現在已是
我好幾倍高。

季節
到來時
樹葉鞠躬
旋轉，

哈菲茲
會睡在地上
只願
有一場夢

你再次
吻上
我的臉
！

✳

# 我投票選你為神

當你的眼睛找到力量
能夠不停地對世界說
對你的生命而言
一切都是
最親愛的，

當你的手、腳和舌頭
能在罕有的合奏中演出
以真知安慰
充滿渴望的地球

你的靈魂，
你的靈魂已在祂的愛之城
梳洗整齊；

當你能以
不貶低誰的笑話
逗笑他人
你的話語又總是帶來凝聚，

哈菲茲
就投票給你。

哈菲茲投票選你
擔任這宇宙中每個國家的
大臣。

哈菲茲會投給你，親愛的。
我投票選你

當
神。

禮
物

# 一層樓的房子

當我
橫渡愛
的早期階段

幸好
我上師住的房子
只有一層樓。

當他談起
創造的奇蹟與美，

當他揭露
神的壯麗實相，

我無法控制喜悅
跳起
狂喜之舞

這支舞往往
以精彩的安可收場——

一場跳水表演，
朝著窗外，
頭先著地。

哈菲茲啊，
早年那些日子
神對你真是太好

只讓你摔斷自己的大鼻子
不過十七次
！

✳

# 偉大的宗教

偉大的
宗教
是船，

詩人，
是救生艇。

我所認識
頭腦清醒的人
都跳船了。

這會帶來不少生意
不是嗎

哈菲茲
？

．
禮
物
．

＊

# 訪客身上發生了什麼

手，待在眼睛的
教室裡

很快就學會
愛美。

天空待在神的
教室裡

看看它在夜裡給我們什麼：
它所學到的一切。

曾經，人
背負生存的重擔
罕有機會沐浴舞蹈之聲。

但親愛的，
現在放下你那傷人的尖盾吧。

人若是拜訪了偉大的音樂家之屋
會怎麼樣？

他的品味一定會變得更雅緻。

有一些人能夠
造訪光之球體
揭露生命
未曾顯現的樣子，

體驗到的真理
只留給
少數人；

神像風箏一樣退去
有些人就迷失在太陽裡

當他們從那卓然獨立的崇高感中
恢復過來，
領悟到不可言說的合一之境——

他們可能會以所有的勇氣，
再唱一次像這樣簡單的曲調：

「如果持續拜訪完美之人
寫下的詩行，會怎麼樣？

他們的嗓音和細胞會變得更細緻
就像柔軟的夜之燭（月亮）

他們開始給予世界
所學到的
一切的光。」

你的手待在神的
教室裡，

像哈菲茲，也曾是學徒
熟習著神聖之美
的手藝

在陶匠的轉輪上，捏塑
飛旋的
地球
。

✳

# 希望我倆

希望我倆
一起談談這偉大的愛

就好像你、我和太陽結了婚
住進窄小的房間，

一起下廚、
洗衣、編織、縫紉，
照顧我們美麗的
動物。

每天早上，我們都會出門
在地球的原野上工作。
沒有人不是扛著沉重的背包。

希望我倆開始歌唱
像兩個旅行的吟遊詩人
唱出我們共享的
這非凡的存在，

就好像你、我和神結了婚

住進
窄小的
房間
。

# 彷彿熱情的雙唇

愛的
姿態
那麼多種：

枝椏上每一道曲線；

你的雙眼擁抱我們的
千種方式；

你的心思所能描繪出的
無限種形體；

春天
香氣的管弦樂團；

流光著火
彷彿熱情的雙唇；

存在的裙襬飛旋
褶縫間藏有其他世界；

還有在祂不可思議
遍在之軀體上
你拋落的每一聲
嘆息
。

✳

# 黃瓜與禱詞

地球
成天喊著
「哇，謝謝。」

多麼興高采烈的一聲哇，
它開始
扔東西

彷彿是上帝遊行隊伍經過，
華美的風采
引起騷動——
排山倒海而來！

我喜歡向上帝扔東西這個想法，
更何況——祂鼓勵我們大鬧！

於是，哈菲茲一下床
就拿起大麻袋
塞進舊鞋子、小黃瓜
與禱詞

準備用在
將臨的獻祭

誰都可以參加！
其他事
天曉得
。

# 當枕頭

快坐下來
什麼都別做
休息吧。

與神分離，
與愛分離，

是世上
最艱辛的工作。

讓我為你弄幾盤食物
準備些
你想喝的東西。

你可以用我柔軟的話語
當
枕
頭
。

# 美妙的愛情遊戲

年輕的戀人說出智慧之語：

「我們從這個角度試試，
也許會發生奇蹟，

身體可能有個隱密處
尚未被熱情點燃
說不定會滾出
三顆太陽和兩顆月亮。」

年老的戀人說：
「我們可以再做一次，
何妨就從
這個座標開始——

攀住天花板垂下的繩子擺盪，

你心中可能有個角落
尚未被奉獻揭露
某部分的神還躲在那裡。」

結語：

切莫停止
玩這些美妙的
愛情
遊戲
。

※

# 露宿街頭的女人

我是每座城市裡露宿街頭的女人，

每條街上都有我的據點。

我的大袋子裡裝滿聖潔

我沿街叫賣，
只為輕觸你的足尖。

我很少
把自己贈予我自己
因為我實在太害羞。

哈菲茲，摯愛已在你的
眼中落座

這世界的君王們
不過是你的奴隸。

我是每座城市裡露宿街頭的女人。
我在每個世界演奏聖樂。

我的大袋子裡裝滿聖潔。
我問道：

是否有幸向你
行個禮
。

※

## 愛的氛圍

我們全都
坐在祂的管弦樂團裡，
有的
拉小提琴，

有的揮舞著
鼓棒。

今晚值得讓音樂佔滿。

以悲憫
放鬆
自己，

在愛的氛圍中
芬芳
滅頂
。

※

# 厭倦對你甜言蜜語

愛想給我們來場震撼教育，
想摧毀我們與神的午茶對談。

如果你有足夠的勇氣
讓摯愛對你為所欲為，會有
幾個晚上，祂扯著你的頭髮
拖你在房裡繞行，
從你緊握的手中，扯掉這世間
所有未曾讓你喜悅的玩具。

有時候，愛已厭倦對你甜言蜜語
只想把你對真理的誤解
撕成碎片

親愛的，那些誤解使你成天與自己、
與他人交戰，

讓世界在太多美好的日子裡
啜泣不已。

神想給我們來場震撼教育，
祂鎖上小房間的門
拿我們練習飛踢。

摯愛有時想
幫個大忙：

將我們倒著拎起來
把廢物全甩出去。

不過，要是聽到祂
酒醉的玩興大起

我認識的每個人
幾乎都一把拎起行李，拔腿
就溜
。

※

# 扎根在萬事萬物中

太陽的雙眼再次彩繪曠野。

它的睫毛以高超的筆觸
在土地上渾灑。

巨大的光之調色盤
擁抱大地。

哈菲茲，如果光是這點泥土和水
在祂的碗裡混合
就能產生如此優美的香氣、景緻、
音樂——以及旋轉的形體——

那麼，
當靈魂的無數花瓣
開始舒展
又會有何等不可言喻的奇蹟
在彼處等待。

當我們看見
祂的心
棲居於萬事萬物
你的身體將何等興奮
煥然一新

上帝扎根於萬事萬物
從中汲取神祕
又神聖的生命。

祂的雙眼再次彩繪曠野。

摯愛像對待珍愛的孩子
親身呵護、養育
在你之中的
祂自己
。

# 我們的心應該
# 常常這樣相處

我和遊民坐在街上

衣服沾滿酒漬，那酒
來自聖人照料的葡萄園。

光，為萬事萬物
染上同一色彩

我和我的朋友無所事事
大笑終日。

夜裡，如果感覺到神聖的寂寞
就破門闖入愛之豪宅

把上帝撂倒在地。

祂對哈菲茲歡喜不已
祂說：

「我們的心應該常常這樣相處
。」

✳

# 從這裡向左轉，
# 走一千英尺

我真正想送給你的
是我無法給的，

但我整天努力
在天空畫上地圖
以明亮、溫柔的聲音

說：

「從這裡向左轉，走一千英尺，
剛好跨過下一座山丘。

在你看到
像雞蛋的巨岩時
向右急轉
會發現一家雅致的酒館。」

我就像智慧的友人。
如果你向我走來

我會寫下一行地址，幫忙
找到讓你神魂顛倒的女子。

哈菲茲從來無意冒犯，

我說過的話
你可以任意替換性別。

到我身邊來，
關於使我們全都迷狂的
那一位

我會在你耳邊
悄聲說出祂的祕密
。

禮物

✳

# 空想根本不存在

旅行者，今晚你該向我走來
因為我將讚頌你。

你的美仍然令我痴狂，
讓鄰居不停抱怨我
在半夜高聲喊叫
只因這喜悅我無法承受。

我將生下太陽。
我將一把抓起森林，倒吊起來
輕輕搖晃，把柔軟的動物從樹叢和地洞
抖落膝上。

有些事你以為是空想
對我，根本沒有所謂空想。

只要在夢裡或是
腦海的畫布上能創造出的

我都能從大衣的口袋
活生生掏出來。

但先別談我神聖的世界了，

今晚
我最想知道的是：

關於
你的一切
。

✳

# 把我丟到秤上

今天，愛徹底掏空了我的內臟。
我躺在市場，像一條
片開的石斑，

一語不發，
每一絲慾望和精力都絕對靜默
但我仍新鮮無比。

此刻，一切如我。
聽：

美麗女子
將我拿近鼻尖，
把我的氣味吸入身體；
考慮帶我回家。

美妙的蒼蠅
透過一根形狀奇異的高腳杯
暢飲我身上，生命的汁液

太陽在我臉頰投下耀眼的凝視，
人類說話的聲音，飛奔而過的馬
尾巴掃過的微風

萬有將奇蹟之流導入
我的世界。

上帝的美將我整個撕開。
把哈菲茲丟到秤上，
用布料包裹，
帶我回家。

挾起我一小片的領悟，放在唇上
我就可以在你體內融化
並歌唱
。

※

# 衣帽間侍女

為什麼
完美聖者
的院子裡
人
那麼少？

因為
每一次你靠近祂
都必須把一些
自我的碎片

交給
衣帽間的
侍女

她可從來不會
還給你——

唉
喲
喂
啊

。

·
禮
物
·

✳

## 渴得要命

首先
那魚必須說：

「騎著駱駝旅行
實在不大對勁 ——

我怎麼
渴得

要命
？」

# 兩個超級大胖子

神

與我

就像兩個超級大胖子

同住一艘小船上

我們

一直

擠來擠去

ㄏ
ㄚ

ㄏ
ㄚ

ㄏ
ㄚ

ㄏ
ㄚ
。

# 抓抓我的背

你可以
把哈菲茲想成
一條神聖的老狗

一直用背磨蹭著月亮
抓癢。

哦，我不在乎
你的想法或做過的事，

難過時
就翻開這本書吧

因為，我就愛你
笑的樣子
！

# 如果你不停止

我住過
狹小的房子，跟困惑
與痛楚共處一室。

後來遇到摯友
一起買醉
徹夜
歡唱。

困惑與痛楚
開始耍手段、
威脅恫嚇，
話術是：

「如果你不停止
尋歡作樂——

我們就要
離開你
。」

禮
物

※

# 優雅

要停止
去想
他人之惡
並不容易。

通常得和證得
大成就的人

結為好友
接著

你會被
真正的優雅

慢慢
浸透
。

✳

# 笛子上的孔

我

是笛子上的音孔

基督的氣息從中穿過——

聽

這樂音。

由萬物口中

唱出的

無數和弦

交織而成

我就是那場音樂會

。

# 直到

我想，

我們人生時時刻刻

都飽受驚嚇

直到

認識了

祂

。

✳

## 為什麼我們還沒成為
## 鬼吼鬼叫的醉漢？

太陽一度瞥見神的本質
於是再也無法和從前一樣。

發光的球體
持續給地球
傾注能量
就像祂，在面紗後
所做的。

既有如此美妙的神
為什麼沒能讓所有人
都成為鬼吼鬼叫的醉漢？

哈菲茲推測：

只要一冒出自己比人好
或比人差的念頭

就會立即
打破
酒杯

。

✳

# 抛鑰匙

小人

為認識的每個人

都造了籠子。

賢者，

在月亮低懸時

垂下頭，

整晚不停拋鑰匙

給那些

美麗而

吵鬧的

囚犯

。

# 上帝的所有天賦

上帝的所有天賦，都在你體內。

怎麼可能不是？
畢竟你的靈魂
源於
祂的基因！

我好愛這種說法：
「上帝的所有天賦，都在你體內。」

有時，哈菲茲無法不為
我心深處湧現的話語喝采

就像戀人散發的
體香。

拿這本書貼近你的心
裡頭
有絕美的祕密
。

.
禮
物
.

# 遼闊的水域

憤怒

擊沉船。

現在，我們且不讚美

在神之海中的「滅頂」，

先穿越遼闊的水域

每分每秒都帶著我們所能找到的

悲憫

與尊嚴

。

✳

# 我想像此刻好多年了

昨晚
又
發生
一次：

愛
啵一聲彈開頭頂的軟木塞──
把我的腦
灑遍
天空。

我想像此刻好多年了
哈菲茲的一部分
將殞落
如星辰
。

·
禮
物
·

212

# 香料甘露

要是不靠近點，
有人
會把你偷走，

當成奴隸
在市場賣。

我對著夜鶯的心
歌唱
希望牠們學會
我的詩歌

使人不能再
束縛你
燦爛的天使羽毛。

今晚，
在哈菲茲服務的
這酒館

你盤裡盛裝的
香料甘露
夠嗎？

如果不夠，請稍等
還有更多光
在發酵。

要是不靠近點
有人會把你偷走

當成奴隸
在市場賣，

那就是摯愛和我一起
歌唱的原因
。

·
禮
物
·

✳

# 嚴厲的法令

昨

夜

神

在酒館牆上

張貼了一紙嚴厲的法令

給所有愛的囚徒，寫著：

如果你的心，找不到喜悅的工作

世界的下顎
可能會

狠狠咬住

你可口的
屁股

。

# 毫無理由

毫無
理由
我像個孩子開始跳繩。

毫無
理由
我變成一片葉子
被風高高吹起
吻過太陽的嘴
消融殆盡。

毫無
理由
一千隻鳥
選擇我的頭當成會議桌，
把滿溢的酒杯
和狂野的歌本
傳來傳去。

出於存在的
每一個理由
我無止境地、
無止境地笑與愛！

當我變成一片葉子
開始跳舞，
我奔向美麗的摯友，親吻祂
消融於我之所是的
真理中
。

✳

# 有時我會對詩說

有時我會對詩說：

「現在不要，
沒看到我在洗澡嗎！」

但詩通常不在乎
還調侃道：

「太混了，哈菲茲，
別偷懶——

你向神承諾過要幫忙的

祂剛剛想到這段
新曲調。」

有時我會對詩說：

「我無力
再榨出一滴
太陽的汁液。」

而詩往往
這樣回應：

它爬上酒吧的桌子

掀起自己的裙擺，眨眨眼
讓整片天空
落下來
。

✳

# 市郊

除非
你還住在神的市郊

否則不可能
抱怨
。

禮
物

# 她說

鳥兒心愛的歌曲
你聽不到，

她們最絢爛的樂音，
唯有雙翼在樹林
之上伸展

吸食純粹自由的鴉片時
才唱得出。

囚犯
保持信念，是健康的

相信有一天將再次自由
到想去的地方，
感受生命美妙的勇氣——
不再按表操課，

發現所有傷口、債務都蓋上戳印，
一筆勾銷。

我問過一隻鳥：
「你是如何在黑暗的
重力中飛翔？」

她說：

「是愛
托起了我
。」

✻

# 我們可能得用藥治療你

拒絕說謊的誘惑
別謊稱你與神分離，

否則，
我們可能得用藥治療你。

海洋中
許多事在你眼下發生。

你聽，
那裡也有為瘋子
設立的診所，裡面的病患
堅持說：

「我獨立於
大海之外，

神，並非總是在周圍

輕柔
擠壓
我的身體
。」

✳

# 傻瓜的倉庫

我知道傻瓜的倉庫
永遠是滿的。

我知道我們每個人
都能整天
奔跑往返

展示巨量的收藏給大家看。

然而今晚,哈菲茲,
從瘋狂中抽身一小時吧,

和幾位老朋友相聚
或者就獨坐著

然後
唱些美麗的歌

給神聽
。

✳

# 當你醒來

旅行者，
我們就像上帝倒進花瓶裡的
兩杯水。

我與你同在，卻
無從指認。

無論
你對這個世界
有什麼樣的夢
可以說，那也是我的夢。

好怪，
卻是真的，

「水」可以沉睡。

醒來時，親愛的，
別怕，

我們會繞著穆罕默德
甩起跳繩，

看著太陽
歡快地又笑又跳

在那不可思議的
神聖

合一之中
！

✳

## 教學事業
## 不容易

在狩獵祢的過程中，神啊
最困難的任務，

就是運用祢贈予我心
的弓箭。

我舉起純水做成的弓箭
瞄準極遠處的
太陽。

哈菲茲，誰能瞭解
這條路徑上所有努力都是
深刻的
荒謬。

何不從另一個觀點
陳述這古老的兩難。

聽著：
歷史上，不只一次
一隻螞蟻出門打獵
單手就擄回一頭大象。

你從中聽到了什麼新意？
也許沒有。

這項教學事業
不
容易
。

✳

# 山已經厭倦坐著

太陽
贏得選美比賽，變成寶石
鑲在神的右手。

地球同意成為趾環
戴在摯愛的足尖
從未後悔做這決定。

群山，已經厭倦
坐在沉睡的觀眾之間

他們正朝天頂
伸展雙臂。

雲，為我的靈魂出了主意
於是我當掉我的鰓
像生了翅膀的鑽石飛上天

不斷貼近
更多的愛，更多
像你的
愛。

山，已經厭倦坐在
我體內打鼾的眾人之間
於是像顆紅透的太陽
飛入我的眼中。

我的靈魂給心出了很棒的主意
於是哈菲茲飛上天
像是生了翅膀的鑽石
。

禮
物

# 酒館大門在哪裡

神的大門在哪裡？

在犬吠中，

在鐵鎚的敲擊中，

在雨滴中，

在我看見的

每張臉

之中

。

# 更有人性

有個男人來找我講了數小時
認為自己「看到神」。

他要我確認：
「這些美妙的夢是真的嗎？」

我回答：「你有幾頭山羊？」

他似乎很驚訝，說道：
「我正在談崇高的景象
你卻問我
山羊的事！」

我又說一遍：
「是的，兄弟，你有幾頭羊？」

「好吧，哈菲茲，我有六十二頭。」

「有幾個老婆？」
他又很驚訝，答道：
「四個。」

「花園裡有多少玫瑰叢、
孩子有幾個、
父母健在嗎、
你會在冬天餵鳥嗎？」

他一一回答了。

接著我說：
「你問我那些景像是不是真的，

我說，如果
那景象讓你更有人性，

對身邊動植物都更溫柔，那
就是真的
。」

❋

# 只待那氣息

我的心
是一顆尚未
鑲入溫柔之夜的寶石
盼望著月亮
我親愛的老朋友。

當無名真主再次登台
我本源的一萬個切面都舒展開翅膀
揭露內在萬丈光芒
走入神聖的領域——
我，也開始發出甜美的光，
像一盞燈，
穿越世界
大街小巷。

我的心是一顆尚未鑲入
存在的寶石
等待著摯友輕觸。

今夜
我的心是一顆尚未鑲嵌的紅寶石
仰望流淚，獻給天空。

我在這寒冷時刻死去
只因神瞥過的一眼太燦爛。

我正在死去
只因那神聖的憶起
我—真正是誰。

哈菲茲，今夜，
你的靈魂
是一把非凡的木管樂器

只待基督的氣息
通過
。

✳

# 心的加冕

卒子

永遠呆坐，

被神崇高的力量束縛，

無法移動。

心的加冕，是必要的

這樣卒子才能領悟

這世上，除了那神聖的一步

別無

其他

。

# 千弦樂器

心
是千弦樂器。

我們的悲傷和恐懼起因於
偏離了愛的曲調。

上帝整天哄著我的唇
要我說話，

你的眼淚才不會沾到
祂綠色的禮服。

不是上帝太虛榮
我們真正在乎的，是你的生命。

有時
摯愛握住我的筆，
因為哈菲茲是個單純的人。

有一天，那老傢伙
在酒館牆上寫下：

「心是
千弦樂器

只能
與愛調和
。」

✳

# 眨了眨眼

今天，萬物都在鼓掌，

　　光線、
　　聲音、
　　姿態，
千變萬化。

我路過一隻兔子，
牠從內袋取出銅鈸
　　眨了眨眼。

這讓我和幾顆星球
　　都瘋了，彼此
　　又拉又扯。

有人看到這景象，
　　打電話給
　　精神病院，

　　想把我
　　關起來
　　病名是

　　過度
快樂。

・
禮
物
・

聽著：世界是瘋人的領地，
　　別總是當真，

即使我的腳就踩在世上
而且郵差知道我的門牌

我的住址仍然在他方
　　　。

※

# 而祢

而祢就像這樣：

一隻小鳥，身上妝點著
橙色光斑
在窗前舞動翅膀，

以所有的存在之愛鼓勵我——
跳起舞來。

而祢就像這樣：

穿上奇怪的戲服
說出殘酷的話語刺傷我；
祢偽裝了太久，使我誤以為
那可能不是祢。

而祢……

穹蒼
在祢手中的絲線末端旋轉
祢遞給我，說：
「你掉了這個嗎？
這肯定是你的。」

而祢，哦你是：

一切萬有的摯愛
從我身體每個細胞爆發——
伴隨著何等輝煌現身，
我跪下，我笑，
我哭泣，我歌唱，
我歌唱
。

# 聰明人

聰明人很快瞭解

黃金

的無能

。

✳

# 眼中的合唱

你的眼中有我們想聽的旋律。
神會從音調諧和的樂器中升起。

日與月
樂意穿上長袍

如頑皮的孩子
隨著辟爾的指揮搖擺

哈菲茲，
你能否把魔法悄悄放進聲響中
再倒進
地球瘀青的耳朵？

哈菲茲，你能否以耳邊細語
把光送到每位旅行者身旁
讓全世界瞭解
摯愛的
真實本質？

是的，親愛的各位，我可以，
聽聽這個字，我最愛的字之一
也是摯友時時刻刻對我們說的：
瑪舒可，
瑪舒可（心愛的）。

心中的合唱必須發聲。

愛，至高無上，

從諧調的陶鼓源源流出

終日對著萬物吟誦、哼唱
　瑪舒可、瑪舒可
　　　。

✳

# 找個更好的工作

現在

所有的憂慮

擺明是

無利可圖的

生意，

你何不

找個更好的

工作

？

·
禮
物
·

＊

# 魯特琴將會渴盼

你必須成為
太陽手中的一支筆。

我們必須讓土地
透過我們的毛孔與眼睛歌唱。

身體會再次變得不安
直到你的靈魂以天空為畫布
揮灑所有的美。

親愛的各位，別說
哈菲茲說的不是真的，

當你的心品嚐到光輝的命運
領悟到我們對你的愛有
永恆的需求

神的魯特琴將
渴盼
你的雙手
。

# 太陽懷了他

太陽懷了他，
孕育實相與真理。
哈菲茲該如何陳述
那天發生的事？

永恆的神
讓袘俊美的臉
以恩典的形式重現，
萬物字字句句
如何公評那輝煌的早晨？

在穆罕默德內在，
我看過一切存有
發光的根，
新手跳著
自外於時空的舞，
橫越屬於無限的
一根魯特琴弦。

古老又甜美的袘，
恆常孕育悲憫和神聖的嬉鬧之心。
哈菲茲的愛
又豈能表達分毫？

完美的一體，憑藉自身
就能將你變為神。
絞盡我聰明的腦汁、洞察力與
感激之心，
又能對他們的父親說出什麼？

今日我帶來的禮物

來自魚族、野獸、鳥群
與眾天使之王。

今日我帶來的禮物
來自河流、海洋、田野、星星,
也來自每一個靈魂,
包含尚未誕生的
所有靈魂!

摯愛
讓我們知道
在光發現祢的那一刻
看到什麼
又說了什麼,

才會在美妙的笑聲中
躍升而起又昏厥在地
變成
大地
與天空。

哦,永恆的祢,
在這永恆的神聖之日
忘記神聖的矜持吧——

大力甩開酒館的門!

以祢遍在之本質中
蒙福而猛烈的真知

給所有口渴的忠實幫眾們
喝一杯祢神聖的美酒,
暫時釋放自己。

何須藏起火焰？
我們是滿懷渴望的新娘，
我們是旋舞撲火的蛾。
我們的靈魂深知
祢所守護那無瑕的火
屬於我們！

如今，就連死亡也無法
抑止祢的真名
在我們心中狂野地跳。

旅行者，
沒時間靜靜坐著了

今日，只有喜悅與音樂
發出的熾烈歡聲

此外的一切
都沒有意義
！

✳

# 默劇家

默劇家站在絞刑台上
被指控從未犯過的罪。
他有最終申辯的機會，
但仍決定忠於藝術。

數百人聚集圍觀
知道他不會說話，
等待最後的演出。

默劇家從天空取下
明亮的球體串成的圓圈，
放上桌，
對它們多年來
無私的陪伴與指引
表露深深的愛。

他把海洋帶到我們眼前，
不知怎地，一道金色的鰭浮出，濺起水花。
看，親愛的，綠松石色的雨。

他從身體移除心臟，似乎
喚醒了這壯麗大地上所有的生命
以何其神聖的溫柔，
像有人再一次
生下基督
在非凡的時刻。

他將靈魂安放於無限自由之軀。
偉大的微風來到。
日與月手挽著手，
優美鞠躬

18
太陽懷了他

有一刻，就那麼一刻
人人都知曉上帝是真，

那舌頭，從世界口中
掉出來
懸在那裡好幾天
。

禮物

# 寂寞的精髓

我就像個海洛因成癮者
渴望崇高至美之境，

渴望
玫瑰恆常綻放的
那片覺無之地。

哦，摯友施予我
莫大恩惠
摧毀我的生活，如此徹底，

難道你對於神
還有別的期望嗎？

從粉碎成灰的框架中
有一名高貴的孩子站起，悼念死亡
因為

摯愛，從初次相遇以來，
我已成為每個世界的
異鄉人
除了那個
只有祢─或我
存在的世界。

如今，心持守著
永遠無法被碰觸的東西
我的存有
是蒙福的荒蕪

我哭求更多的寂寞。

我好寂寞。
如此寂寞，我的摯愛啊，
那寂寞的精髓

還有什麼比神更孑然獨立？

哈菲茲，
還有什麼比神

這位莊嚴的君主
更純粹、更孤絕，
更壯麗而至高
。

・
禮
物
・

※

# 需要一面鏡子

你的
眼睛
充滿智慧

轉啊轉
渴求碰觸
美。

轉啊轉的
渴求找到一面鏡子

能撫慰你

如我一般
。

✳

# 齊卡*

憶起神，把酒杯撈進
祂光明的天井。

一旦忘記「齊卡」
偉大的作用

頭腦常會爆發瘟疫，否認
滲入萬物的
上帝的美。

我將我每一粒跳舞的原子用鍊子綁在
上帝酒館中神聖的座位上。

我熱切渴望
分享所學：

當你的愛付出金色的勞動
將珍貴的葡萄酒
高舉到唇邊，

每一項災厄都會承認
自己只是個謊言

憶起我們親愛的摯友
用靈魂的酒杯
撈起神。

看哪，我甜美的付出與祂崇高的恩典
如今已將造化轉變成

* zikr，波斯語，憶起的意思。

禮
物

我掌上的一根指頭

從我心與掌中的
　　浩瀚水庫

哈菲茲獻出
　　神
　　。

※

# 溫柔的口

我肉身的
葬禮，會是什麼樣子？

一杯神聖的酒

倒入大地
溫柔的口中

讓我
甜美的情人

又嫣然
一笑
。

# 問候神

我聽見夜鶯，
問候神。

我聽見雨，
對我心的屋頂說話。

像冬日的雪毯，輕柔地
裹住大地

我將內在意識的莫大渴望
在祂身旁
放下。

我聽見悲傷的戀人無論面對什麼
都保持真心，即使摯愛看似
殘酷。

今夜
配戴珠寶的獵鷹
在至福的痛苦中
以哈菲茲的舌頭

歌唱
。

# 朝小米田湧去

真美
多美的一晚

我們都期待聽見
神開口

在朝著小米田
湧去的波浪中

懸掛天空的星體開口
以光的密語哼唱，

植物與孩童的目光中發出
耀眼之愛。

有天晚上，存在如此美好
我們都期待
摯愛
開口

在我們翅翼的感官之巔
透過這極小的有機過濾器
努力理解神聖
會是多麼震驚

瞥見實相中
每一刻、每一步
都含有上千種
奇蹟的組件，會是多麼震驚

但辦不到，
我們還聽不見神在體內吹口哨，
於是我們哭泣。

我們全都以某種方式哭泣
直到
聽見上帝
。

# 數學太差

一夥盜賊偷了罕見的鑽石
比鵝蛋還大。

換算下來，可以輕易買下
一千匹馬

和兩千英畝
設拉子最肥沃的土地。

這幫賊當晚大醉
慶祝豐收，

夜宴中
酒精作祟
他們對彼此的猜疑
滋長到不可收拾

他們決定將寶石敲碎分贓。
當然，寶石就此失去價值。

人們也一樣，數學太差了
對神，做出同樣的事──
將不可分割的一，拆得支離破碎，

想著、說著這樣的話：
「這是我摯愛的神，祂長得像這樣
行為像那樣，

那邊那個傻瓜，怎麼可能真的
是
神
？」

✳

# 變裝的太陽

你是變裝的太陽。
你是神,躲避著自己。
徹底移除「我的」——那正是面紗。
何必擔心任何事?

聽聽你的朋友哈菲茲
確知無疑的事:
這世界的表象
只是祭司無中生無
精湛的戲法。

你是一頭神聖的大象,失去記憶
努力想住進
螞蟻洞裡。

親愛的,哦親愛的
你其實是神
只是變了裝
!

✳

# 在我們的兩極之間

我能
向誰訴說
愛的祕密？

誰不曾將生命囚禁在
裝了軟墊的窄室？

看看河流的本質。
河流的大小、力量，和施予的能力
往往依其寬度與流量
來衡量。

神，也是在我們的兩極之間，
依我們的深度運動。
寬恕和悲憫定義了
心的範圍
祂就在其中流動
汲取力量。

我能
向誰訴說
今夜，哈菲茲能向誰訴說
所有
愛的祕密
？

## 靠近那些聲音

每天，太陽一爬下床
就轉動門鎖裡的鑰匙。

光，推開大門
形形色色的愛
向無盡的綠色原野湧來。

你的靈魂有時會朝天空的耳朵
彈奏一個音符，喚起
鳥和行星。

靠近那些讓你
慶幸自己還活著
的聲音。

世上萬物都無助
蹣跚而行。

當神對祂死去的美麗情人說：
「在。」
就創造出無形的覺醒。

哈菲茲，前面那幾行
如果不解釋，誰懂？
好吧，

那我改成這樣唱

當神對幻相說：
「在」
。

✳

# 無形的柴堆

讓我體內的
渴望之火
持續燃燒的

往往不是
師父的話語

而是他不管到哪裡
都有無形的柴堆隨身

他會從中抽出柴薪
一直往我

靈魂的火爐扔
。

# 光之雨好久沒下

光之雨，好幾天沒下了。
眾人眼裡的井
彷彿受旱災襲擊。

想在貧瘠之地
找到朋友
談何容易

為了守護
一片空無
大家紛紛病倒。

沙漠強烈的灼熱籠罩
這原初的車隊
生涯與城鎮宛如
海市蜃樓，

但我對親近的人說：

「不要迷失其中，
光之雨，好幾天沒下。

看，大家都病了
只因他們與
空無
『太纏綿』
。」

※

# 撒野

有時候

神會剪斷錢包的繫繩,

向我的管弦樂團眨眨眼。

哈菲茲

不需要

更多提示了

讓

內在每一把樂器

撒起

野來

!

※

# 不再離開

某個時刻
你與
神的關係
會變成這樣：

下次你在森林裡或是
擁擠的街上遇見祂

不再有所謂的

「離開。」

也就是說，

神會翻身
跳進你的口袋。

而你只是

把自己

隨身攜帶
！

※

# 哇

真正的詩，來自
何方？

來自
潮濕的黑暗中
與肉體或靈魂做愛時
多情的嘆息

詩，活在哪裡？

在驚呼著「哇！」的眼神中，
在刺眼的光輝中
清醒的腦袋領悟——
我們的生命之舞
不過是魔幻的幾秒鐘

就從心這樣叫喊著
的那一刻算起：

「靠！我
真的活著
。」

# 我們該拿那個月亮怎麼辦？

一支酒從馬車上摔落
灑了一地。

當晚，一百隻甲蟲攜家帶眷
齊聚一堂

狠狠縱酒狂歡。

牠們還在附近找到一些種子殼
當成鼓演奏起來，旋轉起舞。
這讓上帝非常開心。

接著，「夜之燭」昇空
一隻醉酒的蟲放下樂器，
沒頭沒腦地對朋友說：

「我們該拿那個月亮怎麼辦？」

就哈菲茲看來
大多數人都把音樂放一旁

忙於應付這種極度
無用的問題
。

# 攏起手來，像山谷

如同大地上的山谷
攏起手來，盛光喝下，

如同沙漠張開甜美的嘴
笑

有人在天空融化了珍珠
撒下，那珍珠雨
就像聖潔的情人歸來
帶著一百件美妙的禮物

哦，明師的話語
為我的頭腦和細胞
帶來何其神聖的滋養和生命。

月亮圓了
變得愛好交際，喜歡聊天。
我聽過它說：

「親愛的尋道者，禱告時
將你優美的手臂倚著神，看看會發生什麼，

注視照在你身上那飽含情慾的光線
那會放鬆
夜之樂手和你的靈魂。」

我轉著，像個偉大的旋舞苦行僧
在狂喜中向祂的意志臣服。

我受雇演出恩典的最後一幕
我演神父，主持一場場莊嚴的婚禮。

今夜我是君權在握的星球
穿著極品羊毛裙。
我是神聖的藝術家
站上舞台，面對上帝的庭院。

隨著每一次壯麗的自轉與公轉
我拜倒太陽腳下。
在聖光四溢的酒桶下方
親愛的朝聖者，我斟滿酒杯敬你

我將心和眼體驗的
所有內容
倒上這張宴會桌

因為你的身心都是哈菲茲手染的
寶貝綢布！

我像金色的禿鷹
盤旋真理。
拋棄綁手綁腳的禮儀
不甩最尊貴的鳥族。

我用爪攫住一把魯特琴，當成致命武器。
請你，請你與我共赴聖戰
因為我是神的友伴
以悲憫斬敵！
而你是一隻在祂羽翼上迷途的鴿子。

我能教你
如何以天使般的曲調賄賂摯愛

讓祂眼角滴下的甘露
落在你的味蕾上。

我知道有段日子
你走在滅絕自我的路上。

我知道有段日子
你受訓成為使者
在祂由喜悅築成的辦公室服務。

親愛的，
昨晚，在實相的畫廊
我看到一幅永難忘懷的肖像：

摯愛用大如宇宙的勺子
攪拌一鍋湯
祂舉起鍋子
我看到世間種種
在祂耀眼如鑽
的雙頰前
連一粒漂浮的麥子都不如！

看著這幅景像
我唯有雙膝跪地

攏起手來，如謙卑的山谷
蜷縮在這精緻、神聖山脈的
大腿之間

並試著打造一座水庫，貯藏
摯愛輝煌的笑容
供應無數通往自由的門票，
供應聽聞神歌聲時的光彩！

我是架在無限之上的紡車。
插入
養育光與真理的軸心。

親愛的，抓牢我，擺盪起來
手和腳一起鼓掌
行不可能之事。

對於疲倦和軟弱的人
我送上母親的慰藉與智慧。

當你強壯起來
我會像個老練的戰士之王指揮
你神聖的火山腺體，
如新生的銀河
在至福的顛狂中爆發。

上帝親手
把愛，愛，愛
送到你美麗而乾渴的聖潔唇邊。

開啟你的靈魂吧，俊美的垂死之人。
在如此榮耀的合一聖境中，
把有關性別的言談，都當成天大的笑話吧！

哈菲茲，從那畫廊飛奔過來吧
像一頭赤裸而大醉的獅子
發出狂吼的笑聲，撼動
大地和
沉睡都市裡
每一扇窗與門，

像個人，
像個人，騎著雄偉的駿馬奔馳
傳遞如夢似幻的消息！

把你自己當成鈴鐺
繫在交配的駱駝群

以及春天群集的雲和鳥身上。

在月亮的鬼抓人遊戲中
把自己繫在產卵的星星
和飛躍的鯨魚身上！
把自己繫在，神從魔術帽裡
創生出的萬物之上。

哦，把你的靈魂
繫於存在的葉子和肢體上，
像一座壯麗甜美的鐘

然後開始高喊神聖的穢語
這樣一來，祂必會送出盛大的風暴。

因為哈菲茲，因為哈菲茲，
哦，甜蜜的哈菲茲，
你攜帶著如此仁慈而夢幻的
好消息！

親愛的旅行者，
現在，容我向你借用清醒的片刻。
請放下你的酒杯。

我願為你寫一封辭職信，
給你所有的恐懼與悲傷。

聽：
讓所有動作與聲音，
讓所有動作與聲音

開始對你的心訴說真相
在你的觀想中與柔軟的粉紅舌頭上
譜寫樂章。

將你所有的偏見浸在油中——
我會當成是種恩惠。
把你最黑暗的想法，對我唱出來，
我的身體是熊熊燃燒的翠綠燈芯，
我是純粹的烈焰
需要也樂意把你的垃圾燒光。

在如此奇怪的世界
我們應該多倚靠彼此一些
這世界讓你害怕
甚至相信了名為死亡的謊言。

我們應該互相支持——
給予更多溫暖
在這樣嚴苛的世界。

讓所有運動
都在你的下巴與視野中
輕輕產出屬於神的東西
任其滾落你的跪毯
在你臣服的聖土上紮根。
我可否用一個吻來磨利你的虔誠？

存在中的一切，就只是轉動著
像這甜美的泥土
在神聖的水流中。

何不像哈菲茲一樣在匙中，
在祂的匙中起舞？
在永恆的運動中，
向你獻上我喝采的心。

哈菲茲願意低下頭，以上帝

鍛造的雙手向你禮拜。

親愛的，看看我的手掌，
裡頭有你的臉和無窮的存在。

你對時空的概念都只是影子
都將在祂以我鑄成的太陽下消散。

我想把自己當作禮物
繫在你的頸上。
我想在你的靜脈附近
埋下美妙的祕密。

何不把我的詩行當成金色的駝鈴？
你可以倒轉過來變成聖杯
斟滿葡萄酒。

哈菲茲，
你是一只神聖的駝鈴
摯愛正親手將你搖響。

哈菲茲，你至福充滿，是真理的奴隸
你死去，像切開的蘆葦，被掏空──

製成神聖的樂器
神將你舉向唇邊，
吹奏你，召喚世界迎向自由。

這片大地上的人有這麼多
我能在多少人的耳邊
悄聲吐露神聖的祕密？

親愛的各位，
「神把自己播種在我的舌上。」

如同
大地上的山谷
攏起手來，盛光喝下。

如同
沙漠
張開甜美的嘴
笑

有人在天空融化了珍珠

撒下，那珍珠雨
就像聖潔的情人歸來
帶著一千件美妙的
禮物，

哦，摯愛光明的話語
此刻為我的頭腦和細胞
帶來何其神聖的
滋養
和

平安
。

✳

# 何不禮貌點

各位

神正在說話。

何不禮貌點

聽

祂說

？

·禮
物·

# 只知道四個字的神

每個

孩童

都早已認識神，

不是有各種名字的神，

不是有各種禁忌的神，

不是會做各種怪事的神，

而是只知道四個字的神

祂一直重複：

「來跳舞吧。」

來跳

舞吧

。

# 你在那聖戰中英勇無比

你在那瘋狂競賽中
　　表現傑出。

你在那聖戰中英勇無比。

　尋愛之人身上該有的
　光榮的傷口，你全有了

　　　絕美之鳥
　　不會在那裡飲水。

　可以和你說說話嗎？
　彷彿我們被囚禁在一起
　　　那樣靠近。

　我遇過一隻流浪小貓
　　　我常把手指
　　浸在溫熱的牛奶中；

牠以為我是長在一隻手掌上的
　　　五個母親。

　　　　旅行者，
　何不讓你疲累的身體歇息？
　　往後輕靠，閉上眼睛。

　　　　早晨來臨時
　我會跪在你身旁，餵你。
　　　　輕柔地
　　　撥開你的嘴巴

　讓你淺嚐我神聖的

智慧與生命。

顯然
你對神的
認知
有些差錯。

哦，你對神的認知
肯定
有些差錯

如果你以為
我們的摯愛不會
如此溫柔
。

# 把那人帶來給我

完美之人行經沙漠。
一晚，他躺在火堆旁
向親近的人說：

「有個奴隸在我們附近。
他今天剛逃離殘酷的主人。
雙手還反綁，
雙腳也還銬著。

我看見他正祈求上帝伸出援手。
去找他。
去遠處的山丘；
大約向上走一百英尺，
右側有個小洞穴。
他就在那。

一個字也別對他說。
把他帶來給我。
神要我親自替他鬆綁
將我的唇貼上他的傷口。」

門徒登上馬背，不到兩小時
就抵達小山洞。
奴隸看到他來，顯得很害怕。
門徒謹遵沉默之令，
以手勢指天示意：

神聽見你的祈禱了，
請跟我來，

有位偉大的穆里希德＊以心之天眼
得知了你的下落。

奴隸不相信，
開始大吼，試圖逃跑

但他被鐐銬絆倒，
門徒只好將他制伏。

想想他們趕路的景像：

百萬根蠟燭在天空點燃並歌唱。
每顆存在的粒子都是一座跳舞的祭壇
受到神祕力量所敬拜。

大地是教堂的地板，於是
在這榮耀的午夜
哭泣的奴隸被繩子綁住，跟著馬匹走
沉默的騎手
帶著他前往未知。

好幾次，奴隸全力掙脫，
他覺得自己又將被囚禁。
騎手停步，下馬，
注視著囚徒的眼。
其中深深的善意傳遞著難以置信的希望。
他以手示意：你很快、很快就會自由。
眼淚從騎手的臉頰滑落
為他高興。

憤怒，是鬥爭與折磨想引發的，

＊ Murshid，波斯語，指老師。

瑪舒可*，
神看見你了，並遣來祂的親信。

瑪舒可，
神在你的禱告中看見你的心
並遣來哈菲茲
。

·
禮
物
·

* Mashuq，波斯語，意為親愛的。

✳

# 太美

火
在你身旁咆哮。
身上最私密的部位
燒焦了，

於是
你當然逃離了婚姻
躲進
其他屋子

尋求庇護
讓你不必擁抱祂的所有面向。

神
在我們身旁咆哮。
心眼的睫毛著火了。
當然
我們逃跑了

逃離祂
甜美如烈焰的呼吸
那氣息將帶來湮滅
那太真實，

又
太美
。

✳

# 我的眼神柔和

別
太快
交出你的寂寞。
讓它
割得更深。

讓它發酵，為你調味
像稀有之人
或是神聖的食材對你的作工。

今夜我心中有什麼不見了
使我的眼神柔和，
使我的嗓音
溫柔，

我對神的需求
清清楚楚
。

· 禮
物
·

# 鑽石成形

有些鸚鵡
模仿人聲的技巧
爐火純青

牠們能發表精彩的演說
談論自由與上帝

附近的某位盲人
可能會開始喝采
並想著：

我聽見珠寶
從一位偉大聖徒的口中落下，

然而我師父常說：

「鑽石需緩緩成形
伴隨正直的強大力量，

從深刻的勇氣

轉化為永不離棄的愛。」

有些鸚鵡的說話技巧
爐火純青，

盲目的人將銀兩
和生命，都交給了籠中的

羽毛
。

✳

# 消亡

地球
會死
如果太陽不再吻她。

哈菲茲是個精美絕倫的世界
將消亡於

上帝不在身邊的
時刻
。

．
禮
物
．

# 把你鍊在我身上

這些

話語

只是開端。

我真正想做的是

把你鍊在我身上，

一天又一天

一天

又一天，歌詠

神的一切

。

※

# 雙手掩面

我們
所說的話
會變成我們居住的房子

如果頭上的屋頂裂開
誰會想睡在
底下的
床？

看看會發生什麼，
如果舌頭無法對良善這樣說：

「我願為你的奴僕。」

月亮
雙手掩面

不忍
看
。

·
禮
物
·

## 犬之愛

所有瘋狂的男孩
聚集在相配的
女性身邊，

犬齒美人對天宣佈：
「我的身體已準備好
參與這奇蹟
的誕生。」

看看那些狂熱的年輕人
為了這
能立起後腿狂舞的良機
願意做些什麼。

他們徹夜
嚎叫。

連日忘食
興奮地以自己的語言祈禱。

狺狺低吼，恫嚇四方
甚至互相廝咬，說著：
「她是我的，都是我的，注意點！
你這瘦巴巴的髒狗。」

人族的戀人，聽著：

你上一次徹夜守候
渴求光
是什麼時候？

上一次期盼擁抱神，
　力行齋戒，瘦二十磅
　　是什麼時候？

哈菲茲今天要帶給你未經粉飾的消息：
　　所有屬於犬之愛
　　　的高貴行為
　　你都必須超越
　　　　。

# 留在我們身邊

你
談到羞恥
於是離開了我們的陪伴

酒館裡的人都很傷心。

留在我們身邊吧
我們辛苦工作
罕有放下鋤頭
和鏟子的時候

這會不斷
揭露我們
與神更深層的
親密關係，

這會不斷揭露
我們自身的
神聖價值。

你談到罪疚，
於是遠離神的
朋友們，

酒館裡的人
都很傷心。

今晚留在我們身邊吧
讓我們編織愛

揭露我們，

## 揭露

我們就是祂
貴重的衣服
。

．
禮
物
．

# 今晚我充滿愛

今晚我充滿愛
來，望進我的眼睛，我們出發
揚起風帆，親愛的，一起遠渡重洋。

世界碰不了你，
我會讓你緊貼我的座位。

我們一起密謀
以你臉頰上躍動的光
讓月亮吃醋。

今晚我將充滿愛，
來，望進這些古老的眼睛！

我們出發吧，揚起風帆，親愛的，
讓我們的靈魂交纏。

你的肉體，只是飛逝的沙漏中
一座老沙洲。

愛，會把哀傷的嘴形
翻轉到正確的角度。

讓你的心敲響那命定的
大笑之鐘！

今晚哈菲茲的愛將滿溢而出，
害羞什麼呢？

來，望進我詩行中調皮的眼睛，
它們已烙上了永恆的印記，

那是太陽
的烙印
！

·
禮
物
·

＊

# 許多世以前

你的品味變得高雅許多。

從前
如果有人偷了你所有的錢

或是把性的歡愉鎖在
你到不了的房間

世界就完全失去意義
你可能會對一杯毒芹釀的酒
萌生渴望。

但那是許多世以前了。

現在，看看你！

你還是經常一團糟
然而，近日以來，
有時，

你的哭泣是因為
想念
祂
。

✳

# 它會伸伸腿

你修過的課，
付過的錢
都是為了「真理」，

但，如果你的目光
仍像乞丐在街上徘徊
那肯定哪裡不對勁。

何不試試：
讓所有冒牌教師都沒飯吃。

在腦海裡
想像一位偉大的師父，

每天早上
用嘴唇貼在他臉頰上。

說，不停地說：

「「親愛的，摯愛的，捏捏我。
我需要祢在身邊的證據——
屁股上一塊愛的瘀青就足夠。」

親愛的神是一口深不可測的井
知曉一切；
你從安全明亮的天空向下汲水。

靠這本書近一點，
它會伸伸腿
絆倒你；

讓你跌落

神
裡
。

※

# 幾顆行星將要舉辦

當音樂說:「我在這裡。」
耳朵會豎起細聽。

當美女吹起口哨,指著她
落在地上的洋裝,

眼睛就上工了,
變得炯炯有神。

神派遣了一萬名使者
宣佈今晚有幾顆行星將聯合舉辦
一場盛會
主唱是上帝
本尊。

但這些信差
不是醉了,就是半路被攔下,
或完全迷失方向
懷裡揣著
貴重的消息,

卻再也想不起
時間和
地點。

這跟你
有何關係?

大有關係。

如果
真有必要
哈菲茲稍後會告訴你
。

※

# 根源是什麼？

這些話語

的根源

是什麼？

一個字：愛。

無比深刻而甜美的愛

是那種必須以從未存在過的

香味、聲音、色彩

來自我表達的

愛

。

．禮物．

## 曬成同樣的膚色

燒掉
神的
所有地址

若你摯愛的對象
只有一種髮色，
一種性別，一種族裔，

無論何時，都曬成同一種膚色
而且只有一本規則書，

信我一次，我說

那人根本連半個神都
稱不上

只會
使你

悲痛
。

※

# 三天

世上沒有幾個老師
一年內給你的啟發
能比得上

你在衣櫃
獨坐三天的
領悟。

也就是說，不必走遠。
最好找個朋友幫忙
準備些三明治
和夜壺。

不能閱讀或寫詩，
那是作弊；
目標要放遠，來個 360 度
全方位排毒。

不過，如果你平常就
沉著鎮定

或因為腦袋有問題
受到醫生監管

就不建議
這樣獨坐

親愛的，
別讓哈菲茲耍了你──

紅寶石就埋在
這裡
。

## 絕妙的羊肉片

像一片
絕妙的羊肉
拒絕掉進「井」裡

它知道，這樣很快就會從
「另一端」掉出來

所以它讓自己暫居在齒牙之間—

那就是哈菲茲今天
想吟唱的
那種詩
。

# 誰聽得見佛陀歌唱？

哈菲茲，今晚
你與年輕的學生
同座相聚

他們的眼睛
像煤炭
為真理燃燒，

舉起酒杯，向亞洲
古老的太一致敬，

以日本詩歌的優美
和精湛妙語
訴說。

被精純的清酒磨利
你水手之舌的邊緣
說出這條路上最深刻的真理。

好了，親愛的各位，準備好了嗎？
安全帶綁牢了嗎？

那我說了：

如果你雙腿間的狗狂吠不止
誰聽得見佛陀歌唱？

如果你大腿間的那隻
犬科動物還耍著
馬戲團的花招

# 誰
## 聽得見

# 佛陀歌唱
## ？

※

# 為天空塗上奶油

踩到鞋子

滑倒，

煮開水，

烤麵包，

為天空塗上奶油：

一天內，這樣

密切與上帝聯繫

應該足以使任何人

瘋狂

。

禮
物

# 多迷人啊

死亡的

概念

多迷人啊！

但，遺憾的是，

那根本不是

真的

。

❋

# 偉大獅群喜歡撒尿的地方

神聖的森林中
建了一座皇家寺廟

那裡正好是偉大的獅群
幾千年來
喜歡撒尿的地方。

神不喜歡這樣：

祂珍愛的獸
再也不能將神聖的氣味
留在森林裡
靠近神的左腳趾
那可愛的休憩所。

親愛的，
我幾乎是這世上所能存在的
距離瀆神
最遠的人

因為我
找到了
對可能傷己
或傷人的行動
說「不」的力量。

聽著：

愛，揭示人有天賦
能「抬起腿」
橫跨銀河

。

# 勇猛的情人

當我脫下褲子

日與月都顫慄起來。

小心

這勇猛的

情人

。

※

# 天文學問題

如果神
俯身
給你一個深長的濕吻

那會發生
什麼事？

哈菲茲
不介意回答這種
天文學問題：

你，肯定會開始
整天醉醺醺地吟誦

像這首
一樣的
流氓詩

。

# 我願能像音樂那樣訴說

我願能像音樂那樣訴說。

我願能將原野上的
光影搖曳放入話語之中

這樣，你就能攬著真理
緊貼身體
起舞。

我用舌頭這粗野的刷子，
盡可能

以光包覆你。

我願能像聖樂那樣訴說。

大地與天空的肢體
在喜悅的旋舞中臣服，

臣服於
上帝發亮的呼吸，
揚起崇高絕美的韻律
我想送給你。

哈菲茲希望你攬著我
緊貼你珍貴的
身體

跳吧
跳吧
！

# 在遊樂園攤子

為何讓
遊樂園攤子上的算命師
為你的心提供建議？

如果有一萬個人宣稱自己
能讀到星星上印的小字

其中或許真有一人天賦異稟，
擁有知曉未來的
靈視之力。

但最好還是讓哈菲茲這樣的人當嚮導吧
以便在這條路上保有必要的清醒。

請做你子嗣和錢包的好友，
聽著：

大部分的占星師、靈媒和「療癒師」
其實都能對這世界更有貢獻——

如果他們去找個地方
煎素漢堡。

至於生命與神
的問題

何必向嘉年華舞台上
盤繞身軀，咧嘴而笑的蛇
尋求指引
？

# 說不定還能賺點外快

鎮上
一尾新魚
對老魚說：

「像我這種漂亮妹妹
在哪才能遇上帥氣的猛男？」

老魚回答：

「當年我剛到
海洋的這個角落時
也說了同樣的話。」

我確信能為這首詩
編一個
迷人的結局

看似深刻，
甚至能改變人生，
說不定還能賺點外快？

如果真有這種事——
我就寫

。

# 煩惱

煩惱？
那跟我待在一起，我沒煩惱。

寂寞？
我眼皮下古老的巖洞住了
一千個發情者，沒穿衣服。

財富？
這有把鋤頭，
我全身是一塊翡翠，乞求著：
「帶我走。」

把你全部的憂愁寫在羊皮紙上；
交給神。
即使，相距千年

我能俯身將心中的火焰
導入你的生命

把你害怕的一切
變成
聖潔的
香
灰
。

．
禮
物
．

# 絲質曼陀羅

蜘蛛和蜥蜴
緊抓住彼此的嘴
因為
愛。

牠們之間
情感的細節
多數人
不會想聽，

不過，我學上帝那樣
欣賞了一會兒
牠們神聖的舞

順著一根
從那幅絲質曼陀羅
鬆脫的線頭
旋繞下來。

我看著牠們，直到墜落，
我們的身體也終將如此，

喘著氣
像顆偉大的流星
墜落
。

※

# 森林裡的藥草

有些詩人的技藝
能談論神

無須使用祂的任何化名。

有些人的技藝則像這樣:
不帶水桶
也能在河邊汲水。

他們僅憑話語的磁力,
就能引誘金星出軌
從她口中盜取
奇蹟之露
那是她在血管中積聚已久
的精華,遠溯自時間說:
「我在。」的那一刻。

我會為口舌
穿上所有尋常的服裝
如果這樣能贏得你的友誼。

我會把自己變成
森林裡的
一株藥草

如果
你願意
把我敷在
傷口上
。

※

# 你的駱駝準備開唱

駱駝

準備

開唱。

看看好詩能辦到什麼：

解開粗麻袋的結

舉起金色的獵鷹

放

飛

。

✳

# 竊回我們的笛

你的靈魂中
有些什麼
相信著我

否則它不會讓你接近
這些文字。

神在每個人心中
都灑進了一名偉大之人，

這名戰士永遠無畏
永遠
善良。

自從聽見月亮酩酊
放歌，

這些日子以來
我唯一關心
的事，

就是
要從克里希納\*手中
竊回
我們的笛
。

\* 譯註：印度神名，吹笛起舞是其常見形象。

# 讓鼓失去理智之處

現在你是我們的一員了
因為你忘不了祂的美。

如果我們同時掀起襯衫
蒙福的傷口，周圍縫線的疤痕
將牽著手哀憐
好幾個小時。

接近愛的營地時
鼓
失去理智，

此刻我們的雙眼佩上
神的皇家印記。

看，
呼瑪*的翅膀
在地上投下巨大的影子
世界以其智慧，建起了一千座寺廟
支柱如手臂，高舉向祂。

我看見你懷有發光的苦痛
因為你造訪過祂的光之綠洲，
因為你造訪過神的臥房。
是的，是的，
你是我們的一員。

金色的鼓
獻出生命

* Huma，波斯語，神話中從沒接觸過地面的天堂鳥。

将演奏得何其甜美

笑得何其神聖，就像
哈菲茲一樣
！

礼
物

✳

# 每座城市都是一把揚琴

在夏日的原野
或孩子的舞蹈中
你看見
有什麼從光的擁抱
飛昇而起。

每座城市都是一把揚琴
對著我們的耳朵
合奏。

水從火獲致狂喜
鍋蓋開始跳動。

如果我們相處時
我從未把句子說得完整
容我道歉，請你諒解
我甜美傻醉的念頭。

鳥，最初沒有飛行的慾望，
實情是：

上帝曾坐在牠們身邊
演奏音樂。

祂的離開
讓牠們萬分想念
想到天空找祂，
那莫大的渴望使雙翼
萌芽。

聽著，
哈菲茲知道，
沒有什麼能像愛那樣
使我們進化
。

·禮物·

✳

# 毀滅

有時，愛嚐起來像這樣：

那痛苦如此甜美
我乞求神：

「能否不再睜開眼睛
除了剛才所見
再也不要看到其他
景像。

能否永遠不再
知道其他感受，除了你
不可思議
完美無暇的
觸碰。

何不
讓哈菲茲
死在這至福的
毀滅中
？」

※

# 在你的眼和這一頁之間

在你的眼
和這一頁之間
站著我。

在你的耳
和聲音之間
摯友紮了一座金色的營帳
你的靈魂一天來回走
一千次。

每次經過卡巴天房*
太陽就解開你身上一根絲線。
每次你經過任何物件
我就從那物件之中
鞠躬。

如果你對於「祂就近在眼前」
還有懷疑

不時與神爭辯。

在你的眼
和這一頁之間
站著哈菲茲。

多撞我
幾下吧
。

*譯註：為立方體建築物，伊斯蘭傳統認為原型來自天堂裡「天使敬拜真主之所」。

✳

# 練習新的鳥鳴

我們生活的方式會打開窗戶
以祕密的聲調，呼喚
我們欠缺的事物。

你頭腦中的事物，沒有一樣
不是你邀請而來。

你生命中的事件，沒有一件
不是你以某種方式
苦苦換來。

我們都曾像月亮，
經常圓滿明淨。

心，以其智慧
不停
為祂採買。

智者在陌生的國家
會尋找真正的嚮導。

嚮導說：

「只要練習新的鳥鳴，
就會為你吸引來
比

愛
還棒
的東西
。」

# 我明白我曾是水

誰能相信上帝聖潔的善？
誰能領會
分離終結時發生的事？

此刻，
我已和實相合一，
每當我聽到祂的某位先知
降生世界的故事，

就明白自己曾是附近佇立的
一棵樹，
俯身寫下紀錄。

我明白我曾是大地，測量祂
無限寬大的足弓。

我明白我曾是水，
我明白我曾是摯愛口中的
食物和水
為祂帶來滋養。

朝聖者，
如果你如此祈願，有天你會發現
你就坐在哈菲茲裡面

伴著你送我的里拉琴
我們唱出真理和至聖的親密：

「我明白我曾是水
解過基督的渴。

我明白我是食物和水
　進入每一個人的
　　　口
　　　　。」

# 以月亮語訴說

允許這樣的事發生吧：

對你看到的每個人，說：
「愛我。」

當然，別大聲宣揚；
不然，
有人會報警。

但你想想，
我們之中希求連結的這股
強大引力。

何不成為
兩眼各有一輪滿月的人
永遠以甜蜜的

月亮語
訴說

世上每一隻眼睛
都渴聽欲死的
話
。

※

# 頭也沒梳

我
越是
靠近祢，摯愛，
我就看得越清楚
世上只有
祢和我。

我聽見
敲門聲，
還能是誰？
我頭也沒梳
奔向門邊。

已經
太多個夜晚
我乞求祢
歸來

浮華
有何用呢？
值此深夜，神聖之季
浮華已枕在我跪落的
雙膝之下。

如果祢的情書是真的，親愛的上帝，
我會將自己獻給
祢一直說
我所是的
那個人
。

＊

# 誠信

很少人
擁有
足夠的力量成為
真英雄──

永遠
信守諾言的
男女
少有。

天使，也需要休息。
誠信創造了無比浩瀚的軀體

張著翅膀的千位天使
懇求道：

「能否讓我的臉頰
靠在你身上
休息
？」

# 那裡

萬物的腳邊——
在那裡
我低頭行禮。

這恆常不絕的臣服與致敬，
即是吻遍
上帝之身，

每位戀人
遲早
如此。

唯有在那裡，
我讓自己拜倒於——
每一具形體的美——

因為每當我把心
貼近任何事物
總會聽見摯友
的聲音：

「哈菲茲，我
就在這裡
。」

# 當空間不再有所限制

有一陣子
飛翔的鷹可能會說：

「親愛的，看，我到家了──
空間不再有所限制。」

有一陣子你或許會感到
我是完整的，

當他人在你土地某處
的觸碰

具有足以瓦解一切已知的
力量。

我認為，整體，
是從呼吸中止的地方
獲得生命，

從心懷抱著光的地方
那裡僅存的感官
紅著臉跌跌撞撞
試著用全新的語言說話
那語言仍在
創造

仍在形塑
第一個可理解的音節，
雕刻著第一幅真實的，
神的形像
。

禮物

# 候鳥

老師
不在時
教室肯定
一片混亂
因為我們的靈魂
壯麗
如火山。

候鳥
帶著殘破的翅膀
來到。

被上帝
高高舉起
又「墜落谷底」

這是為了體驗
萬物的心。

上師不在時，頭腦
肯定
一片混亂
。

❋

# 端行

若要鬆開你受苦的心智，
關鍵是什麼？

若要斬殺我們發狂的
結婚對象
消滅
能夠摧毀我們
心和眼中精緻溫柔的景象之人，

所需要的奧祕
又是什麼？

哈菲茲找到
翠綠的兩個字
能使我
復原

我緊緊抱住它們，就像我攀住
摯愛的
神聖髮辮：

端行。
親愛的，永遠端行。

若要鬆開受苦的心智，
關鍵是什麼？

仁慈的想法、聲音
與行動
。

# 唯一的材料

手藝高超的人

用鎚子能辦到的事

道行高的朝聖者

用意念就能辦到。

有人

以神

在這世上打造自己的座位，

而這唯一的材料

俯

拾

皆

是

。

✳

# 我有位親人

種吧
你的心
將成長。

愛吧
神會想：

「啊……
我有位親人在那身體裡！
我該邀請那靈魂來
喝杯咖啡
配甜點。」

唱吧
因為歌聲正是
這餓壞的世界
需要的食物。

笑吧
因為那是最純粹
的聲音
。

※

# 只有一條規則

天空
是一片懸浮的藍色海洋。
星星是游泳的魚。

行星是白鯨，我有時
會搭牠們的
便車，

太陽和所有的光
已經永遠熔入
我的皮膚
與心。

這狂野的遊樂場只有一條規則，

哈菲茲看到的每個標誌
都一樣。

都寫著：

「盡情玩，親愛的，盡情玩，
在摯愛的
神聖遊戲中，

哦，在摯愛的
美妙
遊戲中
。」

＊

# 祢的千肢

祢用千肢撕扯著我的身體。

　這就是死亡之道：

　　美，用它鋒利的

　　　刀，牢牢

　　　　抵住

　　　　我

　　　　。

.
禮
物
.

＊

# 而愛說

而
愛

對著周遭
一切說：

「會，我會照顧你。」

**禮物：蘇菲大師哈菲茲詩選**
The Gift: poems by Hafiz, the great Sufi master

| | |
|---|---|
| 作者 | 哈菲茲 Hafiz |
| 譯者 | 孫得欽、劉粹倫 |
| 美術設計 | 高聖豪 samuelkaodesign.com |
| 特約編輯 | 郭正偉 |
| 總編輯 | 劉粹倫 |
| 發行人 | 劉子超 |
| 出版者 | 紅桌文化／左守創作有限公司 |
| | 臺北市中山區大直街 117 號 5 樓 |
| | undertablepress.com |
| 印刷 | 約書亞創藝有限公司 |
| 經銷 | 高寶書版集團 |
| | 臺北市內湖區洲子街 88 號 3 樓 |
| | TEL 02-2799-2788 |
| ISBN | 978-986-98159-6-3 |
| 書號 | ZE0150 |
| 初版 | 2021 年 11 月 |
| 新台幣 | 420 元 |
| 法律顧問 | 詹亢戎律師事務所 |
| 台灣印製 | 本作品受著作權法保護 |

**UNDERTABLE PRESS**

An imprint of Liu & Liu Creative Co., Ltd.
117 Dazhi Street, 5F, 104042 Taipei, Taiwan
undertablepress.com

**國家圖書館出版品預行編目 (CIP) 資料**

禮物:哈菲茲詩集 / 哈菲茲 (Hafiz) 作;孫得欽、劉粹倫翻譯.
-- 初版 . -- 臺北市:紅桌文化,左守創作有限公司 , 2021.11
352 面;13*21 公分
譯自 : Thee Gift: poems by Hafiz, the great Sufi master
ISBN 978-986-98159-6-3 (平裝)

866.51                                        110009655